U0075346

青梅竹馬絕對不會輸的戀愛喜劇

OSANANAJIMI GA ZETTAI NI
MAKENAI
LOVE COMEDY

5

〔作者〕
二丸修一
SHUICHI NIMARU
〔插畫〕
しぐれうい

Kadokawa Fantastic Novels

序章

*

『末晴，現在有為你成立的粉絲團了，你曉得嗎？』

……各位，我希望你們想像一下。

假如自己有粉絲團成立了，會是什麼樣的感受？

原本就受歡迎的人或許會覺得：「不怎麼樣啊？沒什麼改變吧？」

比如阿部學長就會說著：「真榮幸，我很開心喔。」露出毫無嘲諷味道的笑容，光是這樣就能讓他的粉絲變更多吧。我眼前似乎都浮現那一幕了。混帳東西！

可是那種居高臨下的人物不能代入我的處境。因此，我想試著將自己的現狀做一個整理。

我當過童星，而且姑且也演了幾齣走紅的作品，多少有受到矚目的經驗。

不過，這是我讀小學時的事。當時的我完全不懂男女情感，即使有人對我抱持好感也渾然不覺。

我想到了，這跟讀小學的時候，即使被住附近的美女大姊姊當貓咪一樣疼愛，心裡也只會嫌她「煩死了」是同樣道理。小時候的價值觀差異太大，沒辦法當成參考。

因此請容我告知一項令人遺憾的事實。

我「從未受過異性青睞」。

『——我很喜歡你。我是把你當成戀愛的對象，對你有好感。』

黑羽跟你告白過了吧！想當然會有這樣的反駁出現。

但是「受歡迎」在字典裡是解讀成「人見人愛而受到群眾獻殷勤」的意思。

接下來，請各位回想黑羽、白草、真理愛她們是怎麼對我的。

……獻……殷勤……？

是的，我沒有被她們獻殷勤。

她們魅力十足，可是不只如此而已。魅力歸魅力，她們具備的可說是把我折騰來又折騰去的「暴力式魅力」。

我並沒有被獻殷勤，而是被折騰得團團轉。

這應該算正確的認知吧。

我當然對黑羽她們相當尊敬，也懷有好感。我對她們沒有什麼不滿……啊，不對，對不起。

老實講，我有時候也是有點怕她們。

總之「粉絲團」就是在這種背景下的產物。

坦白說，這是我人生中第一次「受歡迎」。

換句話說——

——我的春天來啦！

如此解讀應該可以吧。

呵呵……呵呵呵呵……

哎呀，這樣不行。我不能笑。像這種時候更要拿出風度來應對。

「怎麼了嗎，末晴？」

「沒事，沒什麼。」

我一面克制住笑意，一面迅速看了教室一圈。

現在是午休時間，我像平常一樣啃著麵包。

靠走廊那邊的不遠處有黑羽和她朋友的小團體；前面窗邊有白草與峰芽衣子這對拍檔正在用午餐；從走廊傳來真理愛跟疑似她粉絲的同學說話的聲音。

我放低音量開口：

「哲彥，跟我細說粉絲團的事好嗎？」

「哎，之前我們那麼高調，就引起超多人注目啦。會引起注目，自然就受人歡迎嘛。」

「光是引起注目就會受歡迎？」

「以機率而論啦。比如一百人當中會有一個人被我們『打中喜好』吧？那樣的話，班上有那種人的可能性就偏低，但是只要能讓一萬人認識，說起來就可以博取一百人的好感啦。」

「我倒覺得沒那麼單純好計算……」

不過越引起注目，對我抱有好感的女生就越多的理論是可以理解。

「像我就遇到太多人來約。之前我嫌麻煩，問她們能不能五個人一起約會，就得到了ＯＫ的答覆，嚇我一跳。所以嘍，我下次要把十個人一起約會當成目標。」

「感謝你這差勁得嚇人的發言。去死吧。」

哲彥的音量沒有放低多少，因此他說的內容就被旁人聽見了吧。

女同學額頭冒出青筋瞪了過來，男同學似乎正在準備抄傢伙。

哲彥對這些一律無視，還繼續說：

「你也一樣，上傳告白祭影片時還被當成『搞笑咖』，好一點就是『懷舊咖』。啊，順帶一提，告白祭影片至今依然是群青同盟播放次數最高的片子，已經破五百萬嘍。而且從留言看來，你的人氣可是旺得嚇人耶。」

「……哦～～」

我怕得根本不敢看影片，當然就無從得知那些留言了。

「我順便問問，你說人氣旺的留言內容是怎樣？先聲明，你講善意的留言就好喔。敢提到否定性的留言，我就要殺人嘍。」

哲彥看向手機，唸了起來。

「最有人氣的留言是『我在人生路上有過許多羞恥的事，但是看到丸同學便湧起了活下去的氣力。感謝你。』——這樣。」

「是太宰治嗎！我過的人生是有多羞恥啦！」

別說了！有夠讓人想死！

「還有『被甩掉百萬次的男人』現在已經更新為『被甩掉五百萬次的男人』了。」

「我說真的，別提那些無關緊要的情報好嗎？我都快哭出來了耶。」

「啊，每隔百萬次就會在留言更新『被甩掉的男人』次數的用戶，其實是我啦。」

「你雲淡風輕地透露這什麼關鍵情報啦～！你這傢伙簡直是人渣耶～～～～～！我殺了你喔～～～！」

「咯咯咯————！辦得到的話，你就試試看啊～～～！」

當我和哲彥互揪領口叫罵時，班上同學就在一旁竊竊私語：「笨渣搭檔又在瞎鬧啦……」原本準備抄傢伙的男同學也在不知不覺中動手收拾了。

「大致上是這樣，不過自從你參加廣告比賽還有拍攝迷幻蛇樂團的音樂宣傳片以後，網友對你的印象變了很多。」

「感覺話題又要朝負面的方向發展了，我不想聽耶。」

我用吸管喝起紙盒裝的牛奶。

「這次網友肯定你的聲音就比較像迷妹在捧偶像了……果然你也能演正經戲，這點似乎得了高分。」

「噢噢！」

「只是告白祭影片的震撼度太強，即使網友肯定你身為演員有不低的實力，感覺離萬人迷路線還很遠。」

「唔～～……」

我發出的聲音像一隻被要求等待的小狗，如此逃避現實。

「末晴，後來你挺身保護可知而受了傷對吧？對女生來說，這件事似乎讓你爭取到不少印象分數耶。」

「真的嗎！」

「不過你後來對可知與真理愛露出一副色樣，網友評價就急速下滑了。」

「唔～～……」

「然後呢，這次你的人氣靠著紀錄片與真實版結局的感人戲路又急速竄升了。」

「連我都為自己起伏過大的評價感到難受。」

「如果是我就不敢買末晴股。即使目前股價漂亮，看也知道會跌。」

「哲彥，你講話可以不要把人氣下滑當前提嗎？搞不好我能一直保持受歡迎啊。」

「呵！」

「臭傢伙，你嗤之以鼻是什麼意思啊～～～～！」

沒禮貌也要有限度吧！

「哎，粉絲團會成立跟時機也有關係啦。阿部學長敲定要讀的大學了，浮動支持票就大量跑來你這裡了吧。」

「咦，阿部學長敲定要讀的大學了嗎？從這個時期來看，是靠推薦入學嗎？」

「據說他申請到了慶旺大學的入學許可。」

「哦～～是喔～～」

我噘起嘴巴。

「長得帥又有好成績的優秀學長就是不一樣呢～～！」

「我並不討厭你這種平民性格的成見喔。」

哎呀，這一扯就讓話題偏掉了。要緊的是關於「粉絲團」的情報。

「哲彥，我問你喔。這個粉絲團的成員，都是些什麼樣的女生？」

「嗯？噢，這我沒聽說耶。」

「連帶頭的是誰都不知道嗎？」

哲彥正在滑動手機畫面。看來他是要確認對話紀錄。

「嗯？你在檢視跟誰的互動？」

「提供情報給我的女生。」

「哲彥，你不是被全校女生當成拒絕往來戶了嗎？」

「表面上啦。可是也有女生覺得這樣才有機會倒追我。」

「搞什麼，聽起來內幕重重耶。」

「而且有的女生並不會跟我談感情，單純交流情報而已。」

「比如像玲菜嗎？」

「沒錯啊，她也分在那一類。」

哲彥從手機上轉開視線，然後聳了聳肩。

「果然都沒寫到關於成員的事耶。以往就有隱性末晴粉，可是好像因為你耍蠢耍過頭，大家都不敢隨便承認。」

「唔～～……」

我像一隻吃壞肚子的狗倒到桌上。粉絲居然因為我耍蠢耍過頭而不敢對外承認，得知此事的我會大受打擊翻白眼也是在所難免。

「何況你那些粉絲各有主見，之前都像盤散沙一樣。不過現在似乎有能帶領的人出現了，所以粉絲團才總算組起來啦。」

「？能帶領的人？那是誰啊？」

「——午安。能不能打擾你們一下？」

突然間，從背後傳來英氣凜然的問候聲。

在我對面的哲彥不知怎地發出「呃！」的咕噥聲。

我回過頭確認陌生嗓音的主人是誰。

「咦……？呃，我記得妳是學生會的副……」

「我叫惠須川橙花。」

沒錯沒錯，我就覺得在哪裡看過對方。她是我們學校的學生會副會長。文化祭之後舉辦過選舉，我有印象當選的是她。記得她在選舉時提過「會發揮自己在劍道社培養的精神力與秩序——」之類的政見。

不過我們學校的學生會選舉幾乎都採信任投票，今年也只有一名會長、一名副會長參選，沒有人落選。因此選前發表的演講我並未聽得多認真，反正當時有個可愛的女生在台上講話，我便投了信任一票。

「…………」

嗯～～我不曾跟惠須川同學分在同一班，彼此又毫無交集，所以沒有跟她講過話。她的背脊直挺挺的，還有開不起玩笑的氣質，要攀談並非易事。學生會給人在校內握有權力的印象，這也讓我產生了些許能躲就躲的觀念。

惠須川同學以女生來說個子略高，胸脯比較沒那麼豐滿，手腳則是像獵豹一樣細而結實。特徵是長髮綁成低馬尾，儀容整齊清潔，整體散發出「和風」的氣質。大概是因為這樣而營造出強勢剛毅的印象，跟女生的俏麗感便無緣。或許是她完全不做打扮的關係，乍看顯得樸素。

這麼說來，選舉時有許多男生曾經陷入「只有我知道她長得很正」的錯覺——哲彥跟我聊過這件事。

我們學校的學生會是由公認凡事不拘小節而隨便的辣妹會長，還有正經八百又嚴格的副會長在領導。而那正經八百又嚴格的副會長，就是這位惠須川橙花同學了。

像她這樣的風評與容貌，總結起來用「風紀股長」形容最貼切。雖然我們學校沒有所謂的「風紀股長」就是了。

「唉～～」

哲彥嘆了氣。對喔，他在惠須川同學來的時候「呃！」了一聲。

「喂，哲彥，你跟惠須川同學認識嗎？假如她是你的前女友，這情況可就超尷尬的了。」

「不是啦，我連追都沒有追過她。這女的腦袋很頑固，所以我跟她沒什麼好談的。」

「怎樣，難道你跟她吵架了？」

惠須川同學回答了我的問題。

「因為我查到甲斐腳踏三條船的證據，還把事情抖了出來。儘管我再三提出警告，他依舊不當一回事，所以我才會來硬的。」

哲彥從暑假前被揭發腳踏三條船以後，就被女生列為拒絕往來戶。原來這件事的起因是惠須川同學，難怪就連哲彥都感到排斥。

惠須川同學大大地嘆了一口氣。

「而且在那之後，他派出串通好的女生來暗中刺探我有什麼弱點，還打算拖我蹚渾水……要嘆氣的是我才對。」

「你的行動怎麼老是自然流露出犯罪氣息啊？節操爛得嚇人耶！」
惠須川同學跟哲彥之間的關係，說起來就像警察與罪犯嘛。
「惠須川，有妳在就覺得礙眼，閃邊去啦。妳也不想看到我這張臉吧？」
「也對。但是……我想盡早來跟丸同學打聲招呼。」
「打招呼？跟我？」
我當然也有想到對方可能有事要找我，卻無法理解打招呼是什麼意思。
惠須川同學絲毫不改略凶的臉色，簡單俐落地告訴我：
「這次我成了『丸末晴粉絲團』的團長……所以想跟你打聲招呼。話雖如此，我在團體裡屬於調停者，實際進行活動的是那些成員。」
惠須川同學朝走廊招了招手。
於是，不知道那些人之前都躲在哪裡——有十幾個女生湧進教室，把我圍住。
「丸學長！我一直都支持你！學長好帥！」
「聽到要推出真實版結局，我最近才第一次收看《Child King》這齣戲，卻受了感動！」
「我呢，從之前就一直在觀察你和甲斐同學這對冤家喔！」
「末晴同學的窩囊樣總是能挑動我的心。」
「音樂宣傳片的凶狠演技，讓我好希望自己也能被你折磨……」

「我預定會在冬COMI推出丸末晴總受本！」

雖然有的迷妹跟我想像中不太一樣……呃，像這種時候就別挑三揀四了！

──我超受歡迎耶！

光是自覺這一點，所有事情都被我拋到腦後了。

「啊哈哈～哪裡哪裡～妳們別這樣推擠嘛～我又不會逃跑～」

「唔哇。末晴，你的臉簡直不能看耶。」

「呵呵呵，哲彥，我懂你嫉妒的心理。不過我是心胸寬大的男人，寬待你又有什麼關係呢？哈哈哈！」

教室裡不知不覺間充滿殺氣。

男同學們又準備抄傢伙，女同學們對我投以輕蔑的眼神。

可是我得意得忘了形，無法克制臉上的笑意。

好，挑個對象約出去玩吧。就在我這麼想的時候──

「──蠢貨！」

惠須川同學斷然開口規勸。

「丸同學，你聽好。我會擔任粉絲團團長，是因為放著不管想必將搗亂校內秩序。你跟甲斐不同，並沒有犯罪的習性，所以之前我並沒有過來告誡你……坦白講，演藝研究社太過招搖了，已經被視為一大隱憂。假如連粉絲團都會惹問題，以學生會的立場就非得檢討撤回演藝研究社的活動許可。你懂了嗎？」

清晰得讓人感受到咬字有多優美的語氣。由於她講話十分沉穩，明明是說教卻完全不會勾起反抗的心理，我只能一味低著頭。

「妳、妳說得是……對不起……」

「妳們也都沖昏頭了。能跟崇拜的對象講話，內心會興奮是可以理解的，不過妳們仍然要守分寸。」

「是～～」

……原來如此。拜惠須川同學所賜，粉絲團才有人帶頭，這下我懂了。

她有指導眾人的能力，感覺也具領袖天分。不過或許是為人太規矩的關係，我覺得和她講話不太像在跟女生聊天。應該說，照惠須川同學這種調調，找她聊感情事似乎會被臭罵：「齷齪！」既然惠須川同學肯當粉絲團的團長，應該還不至於發飆，但我總覺得她跟談戀愛處於正反兩極……有種可以用「守序」來形容的氣質。這就是「低調粉絲」居多的理由吧。

「小惠，謝謝妳。幸好有妳帶隊。」

黑羽在不知不覺中靠過來，還向惠須川同學搭話。

惠須川同學放鬆肩膀，然後嘆了氣。

「唉，志田，以前妳都會在我開口前就先幫忙叮嚀大家。自從妳加入群青同盟，是不是就跟他們大幅同化了？」

「啊哈哈，我沒有臉面對妳……」

黑羽和惠須川同學似乎彼此認識。嗯，黑羽讀一年級時當過班級股長，即使交到與學生會有關的朋友也沒什麼好奇怪。

「為什麼一扯到群青同盟，惹出的問題就會變多呢……可知的言行是有冷漠之處，但她原本並不是會惹事的那種人。」

「唔！」

在窗邊跟峰一起吃飯的白草肩膀一顫。

「還有，桃坂？我知道妳在走廊聽著這些話。與其躲起來旁觀，還是現身吧。」

「嚇到我了呢。」

真理愛帶著裝蒜的表情從走廊死角出現，並且問候：

「哎呀呀，這位是學生會的副會長嗎？我叫桃坂真理愛，往後還請多多指教。」

「我當然知道妳的名字，畢竟妳是名人。」

「這樣啊。謝謝學姊。」

「我並無立場對妳的演藝事業置評，但我顧慮的是妳從頭一天到校就引起騷動。」

「唔……」

真理愛流下冷汗。

「妳有名氣又受歡迎，我想會引起一定程度的騷動是難免的。但希望妳能謹守分寸，對火上加油的行動要有警覺。我是以學姊的身分，以學生會副會長的身分跟妳說這些，妳能理解嗎？」

「嗯，是的，我認為學姊說得對……」

真理愛臉上的笑容僵掉了，她還把嘴巴湊到我耳邊。

「末晴哥哥，原來這所學校有這麼正派的人耶。」

「從這句台詞可以清楚了解到妳對我們學校有什麼樣的印象。」

「她講話太義正嚴詞了，人家都沒辦法回嘴。」

「對啊。要是她能管得鬆一點就謝天謝地嘍……」

「丸同學，你們說的話，我可都聽在耳裡喔。」

抬頭一瞥，就發現惠須川同學正在瞪我。

我立刻下跪賠罪。

「非、非常抱歉～～！」

惠須川同學嘆了口氣，然後把手伸向膝蓋觸地的我。

「你道歉是當然的……不過沒必要做到下跪這種地步。你一樣大有人氣，我認為你可以活得有尊嚴一點。」

惠須川同學說著便牽我站了起來。

啊，這個女生不只有作為，還是個好人。

有的人即使守秩序，也會不分青紅皂白地否定問題分子的意見，或者講不到幾句話就對不守規則的人動怒斥責。但是惠須川同學只有照常識來思考，並且點出有錯的地方，所以就算聽她說教也很容易入耳吧。

「還有，你不必那麼緊繃，我又沒生那麼大的氣。」

話雖如此，惠須川同學看起來只像在生氣，難道她的基本款表情就是臭臉嗎……

一直在觀察對方臉色的真理愛問道：

「副會長，既然妳肯帶領粉絲團……表示妳也是末晴哥哥的戲迷嘍？那我倒覺得妳做人有點扭曲耶，直接承認就好啦，何必找那些奇怪的藉口。」

喂喂喂，妳怎麼講這種像是在挑釁的話？

我感到心慌，真理愛卻只顧瞪著對方。

相對地，惠須川同學面色未改，只是不悅的成分似乎增加了。

「蠢貨。」

惠須川同學一口否認真理愛的質疑。但是她聳了聳肩，使得劍拔弩張的氣氛緩和了一些。

「妳這就叫作臆測。之前我稍微看過丸同學的演技，我認為那相當值得敬重，可是並不代表我便成了他的戲迷吧。最近學校裡有些女粉絲的舉動讓人看不下去，我只是把管理粉絲當成學生會副會長的業務之一罷了。」

流暢的說明讓真理愛聽完也只能點頭。

「聽明白的話，我希望你們往後的行為要有分寸，別再惹事生非。」

這不是只針對真理愛講的。考慮到惠須川同學看了周遭一圈才講這些話，對象應該是群青同盟的全體成員。

這個女生真是正直耶。提到最近新認識的人，我會想起紫苑，或許這反而更加深了我對惠須川同學的正經印象。

「知道了啦，惠須川同學。我會盡量試著留意，雖然不確定是否辦得到。」

「只是口頭上承諾也好，我希望聽見你會確實留意的說詞。」

「呃，未來會發生什麼又不能確定，再說我也不希望對妳撒謊。」

「還真靠不住……不過，我倒不討厭老實的人。」

惠須川同學大大地嘆了口氣。

「總之，能不能跟我交換HOTLINE的帳號？粉絲團裡已經商量過，決定由我這個團長先跟你交換聯絡方式。畢竟跟全體成員交換會讓事情無法收拾。粉絲團這邊若有事需要聯絡，就是由我跟你聯繫。」

啊～～原來如此。考量到剛才那些迷妹跑來時有多興奮，這算合情合理的顧慮。

「當然，假如丸同學想跟女生單獨見面，我也無意攔阻。到時候就麻煩你主動將HOTLINE帳號告訴對方。粉絲團這邊禁止主動給你聯絡方式，也禁止死皮賴臉地反過來跟你討帳號。」

「我知道了。」

惠須川同學果然比外表所見的還要明理，關於粉絲團的事似乎交給她比較好。

因此，午休時間已經接近結束，我跟惠須川同學交換HOTLINE帳號以後就當場解散了。

＊

「那麼，這次我又將大家召集過來了——」

位於學校附近的英式庭園咖啡廳。

跟上次舉行的「少女祕密協商」一樣，黑羽、白草、真理愛在包廂裡的六人座桌椅隔著距離坐了下來。

黑羽朝著不願對上視線的白草還有真理愛說：

「妳們倆都聽說了吧，關於小晴粉絲團的事。我認為有必要商量商量耶。」

「那妳是不是該主動拋出意見才上道呢，志田同學？」

牽制的舌劍從黑羽臉頰掠過。

輕舉妄動難保不會被暗算……現場瀰漫著如此的緊張感，黑羽只得率先出擊。

「我之前就在擔心……局面或許會演變成這樣。畢竟哲彥同學也說過，希望加入群青同盟的人有八成是男生，另外兩成則是女的。那樣的話，考慮到哲彥同學在校內的風評之差，絕大多數的女生會不會都是衝著小晴來的呢？妳們倆也察覺這一點了吧？」

「是啊，沒有錯。」

「白草學姊甚至還堵了人家的嘴呢。」

真理愛這句話，指的是大伙在末晴面前討論到有人想參加群青同盟之際，白草曾經質疑：「桃坂學妹，妳有必要告訴他嗎？」而攔阻她講話一事。黑羽看見了她們的互動，才篤定彼此對這件事都有共識。

「我有料到拍攝紀錄片和真實版結局會讓小晴人氣提升，可是學校裡成立粉絲團就超乎我的想像了。畢竟小晴的戲迷大多很低調，沒想到她們的勢力會成長到足以浮上檯面……」

「就像哲彥學長之前說的，人家覺得有那位來打招呼的學生會副會長帶領粉絲團也是一大要因。」

黑羽點頭附和。

「原本可說是專門取締輕佻活動的正義急先鋒變成了粉絲團領袖，那些粉絲才敢放心顯露對小晴的崇拜，我認為這就是她們的心理。」

「彷彿多了警察給自己當靠山啊。」

「——她們會構成威脅。」

白草斷言以後，黑羽和真理愛點了頭。

「畢竟小晴是個傻瓜，誰知道他會不會因為有了粉絲團就變得腦袋空空……」

「更何況小末也有好色的地方……」

「末晴哥哥的為人基本上算老實，可是被戳中容易得意忘形的要害就讓人傷腦筋了……」

「「「嗯～～」」」

三個女生都為此頭大。

末晴又蠢又色還容易得意忘形的要害被戳中，事情就可能發生萬一。

她們三個都認為自己跟末晴的情誼之深厚絕對不會輸給別人，卻又沒辦法對粉絲團置之不理，非得抱持危機感來因應才行——這便是共識。

「小末的那個粉絲團，我們能不能搶過來掌管呢？」

白草「呵呵呵」地露出詭異笑容說道：

「比方說，由我代替副會長當領袖的話，就可以嚴格管教那些抱持歪念頭的迷妹，將她們教育成正正當當的粉絲……」

「要是讓妳領導，我倒覺得她們統統會退團，然後各自想辦法接近小晴耶。那個團是因為有立場公正的小惠坐鎮，大家才覺得服氣吧？」

「唔——」

黑羽的冷靜吐槽讓白草無話可說。

真理愛落井下石似的跟著吐槽：

「不只白草學姊，人家和黑羽學姊也都管控不了喔。跟末晴哥哥關係親近的我們要是有誰站出來帶頭，粉絲團的成員應該會覺得：『我們為什麼得聽妳這個自詡為女友的人發號施令啊？』假如想把粉絲團搶過來掌管，對帶頭的學生會副會長懷柔，用間接支配的方式會比較實際。」

白草將歪掉的黑色過膝襪拉正，然後蹺著的長腿改蹺另一邊。

「志田同學，我倒有點事情要請教妳。」

「怎樣？」

「妳跟副會長認識，對吧？能不能說說她的內在，或是性格方面的細節？」

黑羽在可樂裡摻了點醬油——無視不敢領教的白草和真理愛——還用吸管攪了攪，並且喝了一口。

「我跟她認識是在一年級的時候。當時小惠跟我不同班，但是因為彼此都擔任班級股長，才有了緣分，後來我們熟到碰面就會聊一聊的程度。她呢，是個性格非常認真又十分善良的女生，英氣凜然的部分或許跟可知同學有點類似，感覺就像可知同學的身上去掉顯眼要素，再加上誠實熱心以及來自周遭的人望。」

「啊，原來如此。白草學姊既不誠實也不熱心更沒有人望呢。」

「妳們倆最好都在煉獄接受火焚。」

黑羽淡然當作沒聽見就應付過去。

「我也被人稱讚過熱心，但我只在乎朋友和身邊的人。不過小惠就會替全校設想，她在二年級上學期擔任學生會會計時，也有在社團預算方面關照我。」

「她在班級裡被形容成『像風紀股長一樣的人』，人家覺得那是最貼切的。」

「難怪她會跟甲斐同學合不來。我也不太想跟她為敵……不，若是可以拉攏，我會想要像這樣的人才呢。」

「可知同學，那妳打算認同小晴的粉絲團嗎？」

白草輕輕摸了摸絹絲般的黑髮。

「不可能，絕對要把粉絲團打垮。雖然副會長似乎是理性的，粉絲團的成員卻盡是一些恬不知恥的野女人……必須讓她們知道斤兩，然後斬草除根。」

「人家也贊同白草學姊的意見。」

真理愛摸了摸輕柔的秀髮，擺出可人的笑容。

「對於那些事到如今才察覺末晴哥哥有多好的煩人蒼蠅，為什麼人家得給她們好臉色看呢？必須盡快排除。可以的話，人家還希望一個個找她們說教呢。」

「我們難得意見一致呢，桃坂學妹。」

「看來是這樣，白草學姊。」

白草與真理愛對彼此「呵呵呵」地笑了起來，只是當中毫無和睦的氣氛，雙方明顯都懷有鬼胎。

黑羽一面觀望情況一面告訴她們倆：

「到目前為止的方針，我也有同感。因此我想提議——我們要不要組成『聯合戰線』？」

沉默降臨。

三個女生並沒有愣住，她們的視線反而動得比之前更頻繁。

彼此交纏的視線好似透露出就連一絲絲氣息流動都有助於將對方的情緒掌握得更加精確，三方相互牽制到最後，真理愛開了口。

「……人家明白了，看來聯手是最妥當的。」

「……雖然志田同學主動提議這一點讓人感到介意，但我也贊成。」

——此時此刻，不共戴天的三名女生就這樣組成了聯合戰線……！

沒有簽契約也沒有捺血印，毫無保障的口頭約定。

因此三個人腦裡都浮現了不知道誰會趁何時捷足先登的疑懼。

然而目前是緊急狀況，這次聯手實屬迫於無奈。

三人之間有這樣的共識。

不過，即使如此也不代表她們要和睦相處。

只要粉絲團的問題平息，又會馬上變回敵人。這也是很明白的道理。

所以她們三個誰都不看誰，包廂裡始終充斥緊張感。

「為了讓眾人齊心，我想定一個目標出來。」

黑羽對白草說的話做出答覆：

「目標就是讓小晴的粉絲團解散。這樣沒人有異議吧？」

「懷柔副會長的方案呢？」

「我不認為懷柔手段對小惠有用。因為她是個堅定有信念的女生，要她背叛粉絲團那些女生，還轉投我們這邊，感覺最容易引起她的排斥。我覺得光是設法懷柔就會造成她的不信任感。跟這種人為敵就虧大了。我有說錯嗎？」

對此白草和真理愛都點了頭。

「既然如此，人家倒希望討論一下細節……比如我們應付副會長要用的方針。」

「舉例來說，小桃學妹設想的是哪種方針？」

「要讓粉絲團解散，最省事的做法就是由副會長提出解散宣言吧。畢竟沒有副會長在的話，粉絲團的那些成員似乎就難以齊心。」

「確實沒錯。」

白草點了頭。

「如此一來，人家覺得大致上可以區分成『友善』或『敵對』的因應方式。」

「小桃學妹，以『敵對』來講，就是跟小惠正面對決。我們要搞垮粉絲團的所有活動，並且一律否定對吧。」

「……是啊。照這樣設想應該沒問題。」

「這樣的話，『友善』的路線又該怎麼走呢？我有點難以想像耶。」

面對黑羽的問題，真理愛先用漂浮哈密瓜蘇打潤了潤喉嚨，接著便侃侃而談：

「基本上就是遊說與搞破壞。遊說的部分是跟副會長交好，讓她理解我們的立場，以期粉絲團能夠和平解散；搞破壞這條路則是在遊說期間破壞粉絲團成員的名聲，或者查出她們的惡行。後者的方針在於讓副會長覺得：『我跟這些成員處不來！』」

「我跟小惠算是朋友，也不想做出跟她敵對的行為耶。」

白草提出了反駁：

「我剛好相反。我認為要採敵對的方式因應，將她們完全整垮才對。光是由副會長宣布『解散』的話，粉絲團將四處留根發芽。那樣只會散播火種，我無法放心。」

「……的確。」

黑羽將手湊在下巴，開始思索了起來。她原本想避免採取敵對的行為，白草的意見卻不容忽視。

「還有，那個副會長讓我有點掛懷。應該說，我希望她盡量別靠近小末……雖然我知道她很理性，但她嗅起來就是有股**讓人不能掉以輕心的雌性氣味**。」

強烈的敵意讓黑羽露出苦笑。

「小惠是個乖女生啦……該怎麼說呢，可知同學這種除了主子以外見人就咬的忠犬性情都不會改耶……」

「比起老是愛偷跑的狐狸精，或者時時都在覬覦漁翁之利的老狸貓，我倒覺得自己像樣多了喔。」

「啥～～～～！妳叫我狐狸精？」

「噢是嗎人家被當成老狸貓了啊真虧學姊說得出口。」

「我可沒說誰是誰喔。幸好妳們倆都有自覺。」

雙方互瞪。

好不容易組成聯合戰線卻立刻陷入瓦解危機。

黑羽做了深呼吸讓心情鎮定下來。

「……別吵了。我們現在起爭執的話，開心的會是粉絲團那些女生。」

「……我明白了。情非得已嘍。」

「那就把話題帶回去吧。」

真理愛在胸前拍掌合十。

「關於對副會長的方針，其實呢，人家有個不同於兩位學姊的腹案。」

「妳說說看。」

白草催促以後，真理愛就露出讓人心蕩神馳的笑容。

「表面上對她『友善』，背地裡跟她『敵對』——兩位學姊覺得如何呢？」

笑容與狠毒發言的落差讓黑羽和白草情怯了。

「不、不愧是小桃學妹……手段真高……」

「雖然我不覺得那是該帶著笑容說的台詞……內容倒是讓人心服……」

「那我們就表面上跟副會長走友善路線，背地再用盡手段抨擊粉絲團的活動吧！細節想必需要再研討，但是請兩位學姊得到粉絲團的相關情報以後都要拿出來分享，不可以藏私喔。」

「『無異議。』」

真理愛依然帶著那副在電視上大受歡迎的迷人笑容，還將身子向前傾，壓低音量說：

「事不宜遲，能否向兩位討教有關粉絲團的已知情報呢？之後人家還打算委託玲菜同學進行調查，但是剛轉學來這裡念書，人家的情報實在不足。」

黑羽用眼神跟白草做了確認，並且互相點頭。

「可以是可以，不過我曉得的只有幾個人。」

「要製作清單嗎？沒有搭配姓名做確認的話，感覺會有遺漏。」

真理愛悄悄把手機擺到桌上，然後露出與老狸貓這個外號相配的笑容。

「其實剛才粉絲團那些女生來攪局時，人家有好好拍下她們的照片……我們先來列一張名單吧。」

實在是準備周到。

對另外兩人來說，真理愛的周到原本是一種威脅。

但現在不同。儘管是暫時性的，起碼她現在算自己人。

她的可靠讓黑羽和白草忍不住盈上笑意。

「不賴。人物的敘述由我來彙整。這種作業，我在列小說的角色時就已經做慣了。」

白草從包包裡拿出筆記型電腦。

「那就按順序來吧。妳們別看我這樣，小道消息我可是聽得不少，玲菜學妹沒辦法收集的情報可以交給我補充。」

「呵呵呵，這下事情變得有趣了呢。」

「不不不不好意思……請、請問這些杯子可以收走了嗎……」

男店員悄悄走進了包廂。雖然這名店員是因為看見杯子空了才走進去，但他十分了解三名美少女的可怕之處，心境自然像是到獅子的籠舍擺肉一樣。

然而——

「請、請再給我一杯可樂。醬油麻煩要留在這裡喔。」

「那人家要點漂浮可樂，如果冰淇淋能加量就太令人高興了。」

「我要特調咖啡，不用附糖和奶精。」

「…………咦？」

美少女們和顏悅色地微笑著。

好可愛。可愛到不行。

男店員頓時愣住了，下個瞬間卻又變得元氣十足，還俐落地把空玻璃杯與空咖啡杯擺上托盤，然後深深地低頭行禮。

「幾位所點的飲料立刻送到，請稍待片刻。」

男店員腳步輕快地走向廚房，還興高采烈地跟旁人談起三名美少女有多棒。於是當他將三人點的飲料放上托盤並再次前往包廂時——

「原來如此……這是一項重要的情報。這女的應該下地獄。」

「還有這個女生，她可狡猾了。目前她劈腿兩個男生，我聽到的消息不會錯。」

「哎呀呀，有這種背景還想來勾引末晴哥哥……真是好膽識。」

「噫噫噫噫——」

三名美少女笑吟吟地談著讓人驚心動魄的話題，男店員感受到前所未有的恐懼，還向廚房人員嚷嚷「裡面正在舉行黑暗之宴」，不過這又是另一段故事了。

三人締結合作關係的歷史性會談就這樣落幕了。

然而事件才剛起了頭。

席捲校內的大騷動接下來才要正式登場。

第一章 粉絲團與聯合戰線

*

制服換成冬裝，隨著群樹添上色彩，天氣已經可以感受到涼意了。

從明天起會放三天連假，同學們的腳步也就多了幾分輕快。儘管不巧下著毛毛雨，但我們演藝研究社亦即群青同盟屬於靜態社團，活動不受下雨影響。

因此，放學後我們聚集於作為社辦的第三會議室，正在進行討論。

出席人員跟平時一樣，有我、哲彥、黑羽、白草、真理愛，玲菜則待在會議室的邊邊掌鏡。

「音樂宣傳片終於在前天順利發表啦，我先來報告影片剛上架的迴響。」

站在白板前的哲彥一手拿著手機對大伙說道。

他提到的音樂宣傳片，就是由黑羽、白草、真理愛三個人在沖繩拍攝，而且包裝成偶像路線的那部影片。

原本預定要更早公開，卻跟紀錄片還有《Child King》的真實版結局等活動撞期，導致影片拖到這個時候才公開。

「呃～～在目前的時間點……觀看人次約為五十萬。以播放數的成長速度來講，次於告白祭影片與講述末晴往事的紀錄片，位居第三名。不對，第一名和第二名應該是受了媒體報導的影響較大，所以我想這樣的成績可說是令人驚豔。」

「噢噢，真猛耶！厲害！我們辦到了！」

我讚不絕口並回過頭，就發現只有真理愛在笑。

「哎，畢竟有人家參與，拿得出這點成績算是合情合理……有一部分固然可以這麼解讀，不過這也是拜黑羽學姊及白草學姊的人氣所賜，稱作成功並不為過吧。」

「怎樣啦，小桃？妳滿冷靜的耶。」

「因為這並不是人家自願參加的企畫。」

對喔，是這樣沒錯。

事後我才曉得，對音樂宣傳片企畫投下贊成票的人是我、哲彥、白草。反過來說，黑羽和真理愛就不情願了。照這樣看來，真理愛認為以企畫成功這一點而言是可喜的，卻沒有多放感情在裡面。

「小黑覺得怎樣？」

「老實說我很難為情，只有最後驗收時看過成品。可是從昨天就有很多人跟我聊到這個話題……感覺有點吃不消……」

或許是心理作用，聽黑羽一說，我才注意到她的臉頰消瘦，顯得很沒精神。

「咦？是喔？」

「沒想到我居然會有對小晴的心境感同身受的這一天……聽朋友講那些分不出是稱讚或消遣的評語，我也不知道該怎麼反應，男同學又老是看著我講悄悄話……」

「唔！總覺得我該向妳道歉。」

黑羽並不喜歡受注目嘛。她會被迫配合這些活動都是我害的，我難免有些自責。

「啊，小晴，我並沒有要怪你，你別在意。反正是我自己決定要參與拍攝影片的。不過我覺得這有點累人。」

「妳不要太在意比較好喔，要應付那些烏合之眾可就沒完沒了嘍。」

哦，真難得。白草在對黑羽提供建議……

「感謝妳的經驗之談，可知同學。不過這部音樂宣傳片是因為妳投了贊成票才會開拍耶。」

「！」

白草板起臉了。

「事到如今還要對投票決定的事情挑毛病，志田同學真會記恨呢。」

「即使服從投票結果是迫於無奈，妳設計人的事情可是忘也忘不掉啊。」

「設計？妳是指什麼呢？我不清楚耶。」

「妳這個人喔——！」

「——停！」

喊停的是哲彥。

難得有這種狀況。明明他平時都會笑著旁觀。

「今天的行程排得有點擠，要吵架麻煩妳們之後再吵。」

黑羽和白草被他這麼一說都無法反駁，就做了深呼吸回到座位上。

「說啊，都是些什麼行程？總不會是你有無聊的約會吧？」

白草好像完全進入生氣模式了，發言相當辛辣。

哲彥對凶巴巴的語氣仍面不改色。

「我先做個報告。呃，由於音樂宣傳片的成績很不錯，總一郎先生那邊接到了某間經紀公司的聯絡，內容是要談『安排影片中的表演成員出道當偶像』。」

「哇！猛耶！」

我忍不住驚嘆。

「換句話說，對方是在問小黑、小白、小桃要不要組成偶像團體出道嘍？」

「沒錯。」

哦～～原來如此。演藝界的眼光實在敏銳。

影片完全沒經過宣傳就可以在兩天內播放五十萬次，連新進偶像都辦不到這種事。人氣偶像當然比這厲害幾十倍，然而那是靠宣傳與實際成績才有的數字。

這次播放數會成長得如此之快，肯定是因為提供的內容符合大眾需求。真理愛擁有的過人知名度自然也有影響才對，不過來洽談的聲音表示要湊齊她們三個人出道，一定代表了黑羽和白草的潛力也備受賞識。

「所以嘍，今天我要徵詢社團裡有無出道的意願，妳們三個覺得如何？」

哲彥發問之後，三個人就同時開了口。

「──不要。」

「──我沒興趣。」

「──恕人家拒絕。」

全場一致，即刻遭到否決。

「結論好快！欸，這、這樣好嗎……？雖然我不清楚來洽談的是哪間經紀公司，感覺這件事並沒有多壞吧……」

由於發展出乎意料，我重新提出質疑，黑羽便率先開口：

「我對偶像又沒有興趣，老實說就算有錢拿也不想當。」

「哎，小黑是這樣沒錯啦。」

「我也有同感。那不合我的性子，光是被電視台邀請當來賓就夠討厭的了。」

「小白的觀念也跟她一樣啊……可是小桃，為什麼妳不願意呢？」

「假如人家從一開始就是走偶像路線出道，要當偶像想必不會太介意。不過事實上人家是童星出道，也建立起自己身為女演員的地位了。人家喜歡從事女演員的工作，更不覺得放下女演員的身分跑去當偶像對自己有好處。」

聽完她的理由以後，想來確實也是。

「ＯＫ。那我就聯絡總一郎先生請他拒絕嘍。順便問妳們，往後再有同樣的事情，直接請對方吃閉門羹可以嗎？」

「「「無異議。」」」

出道當偶像的事就這樣輕易地吹了。

我個人覺得有點可惜。

這種事情強迫不來，但她們三個都好可愛，老實說我還想看她們上台……至少我會希望群青同盟能辦個企畫或什麼來著……

畢竟評價不錯，哲彥肯定也會伺機安插相關企畫吧。下次我再找他單獨商量看看好了。只要擬出的偶像企畫能讓她們三個之一投靠我們這邊，應該就有可能付諸實行。

「然後呢？我可以當成議題到此結束了嗎？之前你還強調行程排得很擠，實際討論反而一下子就談完了。」

白草話中帶刺地攻擊哲彥。

但哲彥全然不為所動。

「那就進入下一個議題嘍。我想介紹幾個人給你們認識。」

「介紹」這個字眼讓現場開始瀰漫不安的氣氛。

哲彥打開會議室入口的門，朝走廊說了一聲：「喂，你們可以進來嘍。」

走進來的是三個男同學。

第一個人穿著棒球隊制服，體魄不錯，留短髮且臉上有傷。

第二個人穿網球裝。有著中性臉孔的酷型男，但是頭髮太長讓他的氣質顯得有點古怪。

第三個人光看外表就不太妙。他恐怕是來自歐美的留學生，黯淡的褐色捲髮，臉上戴著眼鏡。問題在於制服上衣的鈕子全解開了，內搭的T恤還展露在外，T恤上印著真理愛的大頭照。

而且這個人額頭綁著用片假名寫上「我愛妹妹」字樣的頭巾。

這三個人剛走進來，就各自拿了褐色的信封遞給哲彥。

「……喂，哲彥，你跟他們收的那個是什麼？」

「介紹費啊。」

「別當著我們眼前搞這些好嗎？」

「知道啦知道啦。我會用這筆錢請客，現場成員都有份。」

「那只好這樣嘍。」

「小晴！什麼叫只好這樣！這等於在出賣我們耶！哎喲～～你完全被哲彥同學荼毒了嘛！」

黑羽說的再有理不過。

當我暗自反省時，突然傳來一陣渾厚的嗓音。

「嗯嗯～～受不了耶！志田同學的『哎喲～～』果然棒透了！」

出聲讚嘆的是那個穿棒球隊制服的男同學。

「喂，哲彥，這傢伙是誰……」

「你們不是要自我介紹？」

哲彥催促以後，那個男同學就把手扠在腰後，像要進行選手宣誓一樣立正站好。

「喲！我是二年H班的小熊！在棒球社當隊長！這次過來是要通知志田同學專屬粉絲團『不要同盟』成軍的消息！往後請多指教！」

……黑羽的粉絲團？咦？真的假的？

不過，考慮到黑羽的容貌、人氣、社交性的話，有這種團體也不算奇怪啦……

「粉絲人數在音樂宣傳片公開後暴增，粉絲團便順勢成立了對吧？」

哲彥開口吐槽，小熊就搖了搖頭。

「錯！實際上是從一年級時就成立了！我們早在音樂宣傳片公開前就一直崇拜、讚揚志田同學，還會互相交換情報！不過我們覺得公然搬上檯面會造成她的困擾，所以過去都很低調！」

「…………」

黑羽臉上一片愁雲慘霧。

我能理解她的心情。對方大剌剌地講出這種讓人無法恭維的話，當事者反應自然會是這樣。

「那你們現在為什麼要搬上檯面？」

「公開音樂宣傳片導致跟風族群增加，似乎讓志田同學感到困擾！我們身為粉絲沒辦法坐視！於是『不要同盟』就因應而生了！我們成立的目標在於讓志田同學幸福！志田同學，往後若有什麼需求就請妳隨時吩咐！」

黑羽露出跟她在告白祭上回答「——不要」時一樣的笑容，告訴對方：

「——那就請你們解散。」

「唔哇！」

太誇張了，在宣布成軍的瞬間就被要求解散……

我好像開始同情對方了……

「讓開。」

穿網球裝的男同學推開了小熊。

接著——他往白草那裡走去。

「呵！我是讀二年F班的那波，在網球社擔任社長。」

他恭敬地行禮，然後甩亂長度及胸的頭髮，宛若騎士一樣跪了下來。

「可知白草……我為妳創立了粉絲團……團名『絕滅會』……願意為妳奉獻、願意奉妳為主的人都聚集於此……歡迎下達任何指示……」

對喔，黑羽有粉絲團的話，白草當然也會有粉絲團嘛……畢竟以社會知名度而言，白草壓倒性占上風……

當我不安地觀望他們的互動時，白草就斷然回絕了。

「——噁心，別靠近我！」

「——！」

連我聽了都要跟著難受的絕情話語。

白草臉上流露厭惡之情。被她擺出那種臉色一瞪，換作是我就振作不了。

心想這應該會讓那波深受傷害的我瞧了瞧狀況——

「不愧是可知白草……棒極了……」

他正高興得顫抖。

好喔，白草妳是對的。這種人還是絕滅算了。

「喂，哲彥，這是怎樣？你找他們來搞笑的嗎？」

「沒有啊。」

「全是些腦袋出問題的傢伙，而且介紹完一秒內就被要求解散。」

「我只負責收介紹費，又沒有對後續做任何保證，無妨吧？」

「我能理解你不想負責的心情，可是最後這個人散發出來的氣質未免太狂了。」

我望向戴眼鏡的留學生。

光看T恤就曉得他支持的是真理愛。按照到目前為止的發展來想，他到這裡的目的更是不言自明。

「我是三年A班的喬治，請叫我喬治學長。我來自英國，不久前還是動畫研究社的社長。」

他這一口特殊的腔調……應該可以稱作假日文吧。

該怎麼說呢，發音讓人聽了很不耐煩，怪裡怪氣的。

喬治學長逐漸沉浸在自己的世界，話語中灌注了熱情。

「來到嚮往的日本以後……我找到了妹妹！ＯＨ！我被電到了！這是一場奇蹟般的邂逅！日本的妹妹最棒了——！」

「喝！」

我對喬治學長使出下段踢。

「ＮＯ！」

我並不覺得自己有踹得那麼重，喬治學長的手腳卻細得嚇人。他好像痛得不得了，還一面大叫「ＯＨ！」一面在地上打滾。

「真難得耶，末晴，你居然會扁初次見面的人。」

「呃，該怎麼說好呢，我在一秒鐘之內就冒出了『這傢伙非殺不可』的念頭。畢竟我好歹也是負責關照小桃的大哥。」

「末晴哥哥……」

真理愛的眼裡含情脈脈。

看她露出這種反應，感覺還不壞。

「感謝你，末晴哥哥。但是不要緊的，人家好歹也撐過了演藝圈的大風大浪。」

真理愛朝著滿地打滾的喬治學長伸出手。

「你沒事吧？」

「ＯＨ　ＭＹ　ＧＯＤ！」

真理愛一搭話，喬治學長就立刻復活了。

喂，你根本活蹦亂跳的嘛……

喬治學長不知為何已經零損傷，還用全身來熱情訴說：

「真理愛！請聽我說！我為妳成立了粉絲團！名稱就叫『大哥哥公會』！」

「喝！」

「ＯＵＣＨ！」

我又使出下段踢，喬治學長就再次滾到地上。

「抱歉，你這粉絲團名稱稍微踩到我內心的底線。」

「小晴，我了解你的感受，可是對學長動粗就……」

「施暴不好，小末，因為會留下證據。如果你要教訓這個人，用言語將恐懼深植在他的心裡會比較妥當。」

「兩位學姊講話都好過分。」

真理愛蹲下身，戳了戳倒在地板上的喬治學長。

「那個，喬治學長，感謝你為人家創設粉絲團。你站得起來嗎？」

「ＯＨ！不要緊！我沒事的！謝謝妳！」

喬治學長露出滿面笑容，並且元氣十足地站了起來。

「不過，人家會有顧慮……」

「ＷＨＡＴ！」

「原本人家有經紀公司負責經營的官方粉絲團，可是隨著人家離開經紀公司，粉絲團目前已經解散。因此人家不能為私人性質的粉絲團撐腰，而且太聲張也會有困擾……既然喬治學長是發起人，能請你好好領導粉絲團嗎？」

「我明白了。」

喬治學長用中指推了眼鏡。

「妹妹ＩＳ ＧＯＤ。上帝的意見是正確的，請交給我喬治包辦。」

「麻煩學長了。」

黑羽和白草都拒絕掉粉絲團，但真理愛算是對這個非官方團體表示認同吧。或許這讓喬治學長格外欣喜，他興奮得又叫又跳。

「…………」

我心裡有塊說不出的疙瘩。

我明白，黑羽、白草、真理愛都相當受歡迎。

老實說，她們的人氣應該遠勝於我。如今我有了粉絲團，她們三個沒有粉絲團才是怪事。

雖然我明白這一點……卻覺得原本在自己身邊的三人似乎變得遙遠了，讓我感到有些落寞。

真受不了我這種出於任性的感傷。明明我認同自己的粉絲團，卻因為她們三個也有就產生疙瘩，堪稱嚴重的獨占欲。

我還真是沒用。

「！──」

手機在這時震動了。我檢視螢幕，發現有來自惠須川同學的訊息。

『我跟粉絲團的成員討論過了，方便的話，你能在明天開始的三連假撥出時間嗎？』

『難得有緣讀同一所學校，大家表示希望能約出來聊聊天，讓你認得粉絲團成員的臉。』

『其實我已經整理出三個備選時段，每個時段能去的成員也都協調好了。不知是否可以？』

啊，哦～

三連假是嗎……除了群青同盟的會議，我並沒有多做規劃耶……

群青同盟開會也只是為了討論下次企畫，沒有急著要拍攝什麼。因為前陣子一直都在忙，哲彥就提議要穿插一段休息的空檔。反正照他的個性來想，八成只是希望有時間跟女生約會吧。

不過……這樣啊。

表示我可以「在假日」「被女生包圍」「並且被獻殷勤」嘍。

以往放假，我頂多會在家裡玩電玩或者無所事事地躺著，不然就是出門跟哲彥隨便找地方去玩……沒想到，我居然能有這一天……

咯咯咯，太棒啦……！有粉絲團實在是太棒了……！

『我正在忙社團活動，之後再跟妳聯絡。目前三連假期間並沒有什麼規劃，我想是可以撥出時間。』

總之先這樣回覆惠須川同學。

哎，跟粉絲團的那些女生見面，不知道會是什麼樣的情景……

之前我被包圍時就有好幾個可愛的女生……既然她們是我的粉絲，又滿心想著要對我獻殷勤……表示我們之間會有很多肢體接觸嘍？是這樣沒錯吧……說不定，還會發展出令人臉紅心跳的色色狀況……！

太棒啦──！老天有眼──！

「呵呵呵呵……」

黑羽她們的粉絲團團長似乎正在拚命表現，我卻沉浸於自己的世界了。

因此我並沒有注意到──

黑羽她們眼裡都閃了精光。

＊

由於明天起有三天連假，我先去採購零食才準備回家，路上就接到了黑羽的聯絡，內容是：

『小晴，媽媽在問你今天晚上要不要來我們家吃飯，如何呢？』

我差不多每星期會收到一次邀請。

黑羽的母親銀子是位護理師，需要值夜班或大夜班，晚餐時間未必都會在家。銀子伯母上班的時間不規則已經很辛苦，還必須打掃洗衣做家事，所以每星期能閒下來邀我過去用餐的日子差不多只有一天而已。

暑假期間因為不方便跟黑羽見面，我都找理由推掉了，但現在只要沒什麼安排就會應邀去吃飯。

因此——

「開飯嘍！」

「「「「開動！」」」」

我接受邀請，來到了志田家。

志田家的飯桌相當熱鬧。包含我在內有七個人，會熱鬧是當然的。

志田四姊妹是四個人；還有父親道鐘、母親銀子，再加上我，算起來就是七個人。

「怎麼啦，末晴！你只吃這麼一點啊？多吃點！」

銀子伯母「啊哈哈」地露出豪爽的笑，還添了一大盤漢堡排遞給我。

「呃，我吃不下那麼多啦。」

「說這什麼話！你是高中男生吧？」

「不不不，高中男生也分很多種啊。」

「碧，那妳多吃點。」

「我都退出網球社了，不用啦！跟之前同樣的飯量，已經讓我長出一點脂肪了耶……」

「妳跟我一樣，脂肪會長到胸部，沒關係啦！倒是蒼依和朱音的體質還沒有顯現出來，或許要注意點比較好。」

「媽媽真是的……」

蒼依臉紅了，朱音則是毫無反應地默默吃飯。

父親道鐘幫忙說話：

「好啦，孩子的媽，蒼依都在難為情了，末晴小弟也不好跟妳頂嘴。妳讓他們愛吃多少吃多少不就行了嗎？」

「哎，既然你這麼說。」

銀子伯母說完便爽快地退讓了。

她是一位親身體現出豪爽一詞的女性。相對地，道鐘伯父的為人就像佛祖一樣，總是帶著慈祥的微笑，從來沒看過他動怒。

認識志田家的人會這麼形容：志田家的父親有母親風範，母親則有父親風範。

從體格來看也是銀子伯母的個子比較大，跟碧一樣有一七〇公分。道鐘伯父就比較嬌小，身高一五八公分，比銀子伯母矮了十公分以上。黑羽、蒼依、朱音她們三個人的身高偏矮大概正是出自道鐘伯父的影響。

即使從性格來看，四姊妹也各自遺傳了父母的特徵。碧的體格就和銀子伯母一樣，乍看下會覺得連性情都很像，但是在小地方看得出有許多不同。

比如讓她們打掃，碧習慣講究一些特別瑣碎的細節，這部分就是遺傳到在大學擔任教授又具有學者習氣的道鐘伯父。另一方面，黑羽看似細心卻常常「弄個大概就了事」，在她身上遺傳最多銀子伯母的不拘小節。

跟道鐘伯父最相像的無疑是朱音，好比專注力突出又容易忽略周遭，還有不擅與人溝通的部分就跟道鐘伯父一模一樣。蒼依表現出的氣質在父母中間，可是從性情隨和與個子嬌小這兩點來看，應該可以說她跟道鐘伯父比較像。

「對了，末晴你在學校過得怎樣？」

「都沒有什麼改變耶。」

「課業呢？」

「我、我有好好讀書啦。」

「真的嗎？上星期，你拍的紀錄片還有連續劇的真實版結局都公開了吧？有沒有讓你在學校銀子伯母毫無顧忌地過問我在學校的狀況。她跟我母親是好朋友，因此我母親過世以後，她就有意代替母親照顧我。

「我才沒有毛毛躁躁。」

所以我會有點怕銀子伯母。當然，我並不討厭她就是了。

「哦～這樣啊，小晴，明明你有了粉絲團耶。」

匡啷一聲。是蒼依的碗掉了。

「對、對不起……！」

蒼依連忙收拾灑在餐桌上的飯，然後就去廚房拿抹布。

「啊哈哈，末晴有粉絲團～？黑羽姊，這玩笑開大嘍！」

「我是說真的。今天呢，粉絲團的團長已經來向他打招呼了。」

「粉、粉絲團……？晴哥的……？難道說，晴哥要組後宮了……？」

嗯～朱音的腦袋依舊轉得太快，話題都跑到另一個次元去啦。

「朱音，在日本開不了後宮的。」

「那是法律上的問題，實際上有可能。」

「妳吐槽很精闢耶！不不不，就說我沒打那種主意了。因為有女生肯當我的粉絲，我只是對

她們心懷感激而已。」

「心懷感激的意思是你會跟她們出去玩？」

「對對對，我打算——欸，不是啦，小黑！」

真恐怖……黑羽隨口插了句話，就差點套出我在週末的行程……

「什麼叫不是？」

「沒有沒有，我跟她們真的沒什麼啦！」

當我拚命否認時，碧就加入了我們的對話。謝天謝地。

「不過那些人的喜好真夠奇怪耶。她們迷的對象是末晴吧？粉絲團？好離譜喔～～趁早把他平時吊兒郎當的德行拍成影片上傳是不是比較好？否則會構成詐欺吧？」

「碧，妳少煩啦。」

蒼依擦完桌子，回到座位。

碧咀嚼有聲地啃著醃蘿蔔。

「不過，其實在我們國中也有喔……我是說末晴的粉絲。像這週居然就有三個女生知道我跟末晴交情不錯，還跑來拜託我幫忙介紹。」

「好，我明白了。碧，妳之後把她們的HOTLINE帳號傳給我。」

「去死啦，白痴。我已經好心好意說服她們了，現在她們都曉得你這個人有多廢，見了面也只會辜負期待，還是把影片當娛樂就好。」

「我～～說～～妳～～喔～～！」

「你別一下子就把歪腦筋動到國中生身上啦，蘿莉控！」

「沒規矩！你們兩個，不要在吃飯時站起來！」

我和碧挨了銀子伯母的罵，只好不情願地坐回座位。

「末晴，你這孩子就是容易得意忘形，不可以因而自滿喔！懂了嗎？」

「是～～」

用完晚餐往往就晚上八點了，接著我都會多留一小時在客廳聊天或是玩電玩，固定九點左右回家。

飯後，小孩們一手拿著銀子伯母做的布丁移動到電視前，兩個大人則在餐桌旁小酌起來。

「不過，既然有女生跑去碧那邊表示想跟我見面，小蒼，妳是不是也有遇到這樣的女生？」

蒼依露出苦笑。

「老實說，是有人拜託過我。」

「我就知道。」

「可是那樣會對末晴哥造成困擾，我都用『不能為難末晴哥』當理由拒絕了。」

「人太多的話當然就辛苦了，但也還不到為難的地步啦……只要小蒼有事拜託，我倒是會盡力配合喔。」

「欸，末晴，你的口氣跟剛才和我講話時差太多了吧。」

「誰教妳介紹的女生聽起來都像在追逐流行，所以當成玩笑打發掉也無所謂。可是小蒼會介紹的女生感覺就是純情的居多吧？既然如此，我覺得還是實地跟她們見個面比較好。」

「你這是歧視啦，歧視！」

把佐餐辣油淋在布丁上配著吃的黑羽嘀咕了一句：

「小晴，這種事應該要講究『公平』吧？碧介紹的女生不行，蒼依介紹的女生就可以，我認為有這樣的差別待遇不好耶。」

「……哎，的確。妳說得是。」

「這樣的話，我覺得兩邊都不要答應見面就好了。目前你的粉絲團已經成立了嘛，怎麼想都會弄得無法收拾。」

「也對喔。我明白了，麻煩碧還有小蒼都照這樣去應對。」

「早就知道啦。」

「我也覺得末晴哥現在的結論比較好。」

這時候朱音從旁邊拽了拽我的袖子。

「晴哥，假如環境改變對你造成了什麼困擾，儘管跟我說。這件事，我會幫你。」

朱音直直地望著我。她莫名帶勁……應該說，甚至可以感到她很拚命。

被我當成妹妹，私底下也寄予信賴的朱音肯這麼說，讓我很欣慰。

「謝啦，朱音。那我有困擾就會毫不顧忌地找妳商量。」

我摸了摸朱音的頭，她就轉開視線了。雖然朱音的表情不太有變化，臉頰卻紅了。她明顯是在害羞。

從餐桌那裡傳來銀子伯母的聲音。

「末晴，你又在不知不覺間變成大紅人了啊～但是呢，你冒冒失失的，照這樣下去會不會被怪女人勾搭上？」

「好過分，銀子伯母。才沒那種事。」

「有啦。你要不要趁現在先從我們家女兒選一個中意的？她們都長得像我，挺可愛的吧？」

「噗！」

我忍不住噴了出來。

「既然我們家有四個女兒，你要選兩個或三個人也都可以，但在法律層面上就難免站不住腳嘍。先專情挑一個對象嘛。」

「問題並不在那裡！」

「…………」

「…………」

「…………」

「…………」

四姊妹全都臉紅沉默了。

話不能這麼說啦，銀子伯母！現在氣氛尷尬到不行了耶！這不是身為母親的發言，而是喝醉的大叔在胡扯吧！

「好了好了，孩子的媽。妳是不是喝多啦？大家都不知道怎麼回話了。」

「咦～～我才剛喝開啊。」

「末晴小弟，不好意思。最近孩子的媽忙壞了，很久沒有小酌，好像喝不到幾杯就醉了。」

「哪裡哪裡，請伯父別在意。」

我看向時鐘，發現正好快要九點了。

「時間也晚了，伯父，我準備回去了。謝謝你們招待的晚餐。」

「啊，小晴，我想到社團有事情要跟你談。」

「嗯？談什麼？」

「我送你回家好了。反正不是什麼大不了的事，路上再講。」

「是喔？我知道了。」

黑羽說要送我回家，不過也就隔壁戶罷了。正常根本不可能讓女生送，然而這一段夜路並沒有危險。

就這樣，我們倆走出志田家。

今天一直下著的毛毛雨停了，看得見星空。

太好了，照這樣看來，「後天」會是好天氣。

「小黑，妳說社團有什麼事？」

回我家花不到一分鐘。

因此我在走出志田家玄關時就止步了。

「抱歉，那是騙你的。」

「啥！」

黑羽無視訝異的我，靈活地湊了過來，然後一派自然地靠向我的手臂。

「！」

秋意已深，天氣開始有了寒意，黑羽在此刻傳來的體溫顯示出驚人的存在感，使得我小鹿亂撞。

「小、小黑，我們才剛走出玄關耶……！」

「小晴，我是你的『青梅女友』啊，稍微恩愛一下有什麼關係。」

「！～～」

太猛啦———！

黑羽的攻勢依舊厲害……！有種腦袋裡彷彿被攪得一團亂的震撼力……而且聞起來好香……

不行，我開始暈頭轉向了……

「可是我都不太有機會跟你獨處，這個時間又不方便到你家，所以讓我撒嬌一下下就好。」

唔，不知道該怎麼形容這種悖德感——

片刻前我還跟黑羽的父母及妹妹們待在一起，帶著笑容有說有笑。

可是我們走出玄關不到幾秒就有了接觸。聽得見從客廳傳出的談笑聲。

在感受得到家庭溫暖的地方有著跳脫日常的情慾氣息。更何況，雖然已經入夜，這裡仍是隨時有人經過也不奇怪的路邊。

……糟糕。

糟糕糟糕糟糕……

越想著不能在這種地方跟黑羽耍甜蜜，我的心跳就越快，同時還不由得感覺到近乎暈眩的陶醉感。

黑羽流利地牽住我的手，指頭交纏於指縫間，隨後——

她鎖住了我的關節。

「好痛——！」

什、什麼情況！我們不是氣氛正甜嗎！

應該說，這樣不行啦！我的手指頭被扳到會出事的角度了……！

「小、小黑，妳怎麼突然……！」

我忍著疼痛問黑羽，黑羽就加強了鎖住我關節的力道。

「咦？你不懂嗎？真的？」

「好痛！欸，我真的不懂啦！至、至少給我個提示……！」

「——粉絲團。」

我當場下跪謝罪了。

「對不起……」

「……你想說的就這樣？」

「是我得意忘形了……」

「不會啊～～跟我保持『青梅女友』的關係，要找其他女生約會也是可以啊～～我根本沒有權利阻止你喔～～」

說是這麼說，黑羽似乎有滿腔的怨言。

她嘆了一口氣，然後拉我站了起來。

「即使如此，因為我才剛成為『青梅女友』……還是會覺得有點寂寞。」

唔唔唔——！好重的罪惡感！

聽她這麼說最讓我難受，心境跟偷腥的男人完全一樣……！

「小晴，你跟粉絲團的那些女生約好要見面了嗎？」

「唔……是、是的……我跟她們約好了……」

「什麼時候？」

「約在後天，星期六……」

「集合時間和地點呢？」

「澀谷，摩艾像前十點鐘集合……」

「哦～～這樣啊……」

真、真是煎熬……

黑羽並沒有對我發脾氣，可是淡淡字句間的壓力卻掐緊了我的心。說不定外遇的人被伴侶亮出存證的照片時，心裡就是這種感受……

「那、那個～～我還是拒絕她們好了……」

我承受不住這種壓力了……

黑羽好不容易才向我告白，我卻因為自己有了粉絲團就得意過頭……我非得反省，然後取消行程才對吧……

可是——

「我想你不用做到那種地步耶。」

奇怪的是黑羽卻一臉不在乎地這麼告訴我。

「這次的團體約會，小惠也會去吧？」

「團體約會……」

唔唔，黑羽用的詞讓我覺得自己的行為好不應該！

「不要糾結在那個字眼。她會去嗎？」

「會啦，惠須川同學會去。」

「那我認為至少這次並不會營造出讓你遐想的氣氛。粉絲團好不容易成立，你不辦一次所謂的粉絲見面會好像也怪可憐的吧？」

「噢！對、對啊！不辦粉絲見面會就太可憐了嘛！」

「你怎麼變得有精神了？」

「沒、沒那種事喔。小黑，其實我身體很虛的耶。」

連我都覺得自己的辯解莫名其妙，黑羽便深深地嘆了氣。

「只要你能守分寸，我就不會生氣。不過呢，我心裡寂寞是真的喔。」

「唔——！」

這對心臟不好……

明明只是到外頭跟黑羽談了幾句話，我卻一會兒高興、一會兒害羞、一會兒心動，還被鎖住關節而嘗到苦頭……又有好深的罪惡感……盡是把自己搞得慌慌張張。

「……對不起喔。因為小晴被女生包圍，我才吃了點醋。」

黑羽露出尷尬的笑容，還是隱約看得出一絲寂寞。

看她擺這種臉色，我也只能這麼說：

「不會，錯在我得意忘形。後天聚會已經約好了，所以我會去，但是妳並不用那麼擔心。」

「真的嗎？你都不會對女生色瞇瞇？」

「唔……或許……稍微會啦……」

「好吧，這次我容許你稍微色瞇瞇，小晴，畢竟我相信你。」

黑羽嫣然一笑，我也就跟著笑了。

「嗯，謝啦！」

「那麼，我在外面待太久，家裡會亂想，我先回去嘍。」

黑羽說著就調頭。

「小黑，晚安。」

「嗯，晚安，小晴。」

我們就這樣背對彼此，回到家裡。

太好了，黑羽願意諒解我。

我曾這麼想——或許是我自己思慮太淺了。

「讓小晴被中途冒出來的女生搶走……這種事我絕不會接受……」

沒過多久，黑羽就把團體約會的消息傳出去了。

*

真理愛從黑羽那裡收到了末晴要約會的消息，便在陽台一邊享受餐後的冰品一邊稍微思索。

結論在冰吃完之後出爐，因此真理愛回屋裡打開了HOTLINE群組「丸末晴粉絲團撲滅戰線」並傳送訊息。

『末晴哥哥後天有團體約會，兩位學姊要不要一起去跟蹤？不感興趣的話，即使不到場也沒關係。』

於是黑羽和白草雙方立刻傳來了回覆：『要。』

真理愛協調完跟她們集合的時間及地點，這回就拿出了預先辦好的備用手機，撥給某個人。

「晚安，喬治學長，我是桃坂真理愛。今天謝謝你過來社辦問候。突然致電給你，不知道方不方便？」

『NO！真、真的是妳嗎……真理愛？』

「是的，沒有錯。」

『NO！OH MY GOD！上帝確實存在……』

「人家有點事情想拜託你，方便講話嗎……？」

『當然方便！儘管說！』

「其實呢……人家掌握到了末晴哥哥要跟粉絲團成員出門約會的情報……黑羽學姊與白草學姊似乎都很在意而決定去跟蹤……如此一來，她們說不定會在某個地方跟粉絲團的人起爭執。」

『我明白真理愛在擔心什麼！一定會起爭執！』

「因此，人家想請你將這項情報偷偷轉達給黑羽學姊和白草學姊的粉絲團團長……」

『OH……原來如此。意思是妳希望安排人手，萬一發生衝突時就可以為她們兩個撐腰。』

「學長真精明。但是人家並不知道小熊學長和那波學長的聯絡方式，而且從今天的氣氛來看，黑羽學姊和白草學姊也不會跟他們交換HOTLINE帳號。」

『那兩位對於粉絲團本身確實都抱持否定的態度，也就沒有交換聯絡方式。不過妳為什麼要替她們著想那麼多呢？』

「因為那兩位學妹都是群青同盟的寶貴成員。」

『真理愛真是個善良的女生……我懂了，請交給我吧。』

「謝謝學長。」

『當天妳也會去嗎？』

「會啊。雖然末晴哥哥的妻子早就敲定是人家了，不過陪可憐的學妹應酬也是人家身為學妹的義務嘛……」

『ＯＨ，真理愛真是貼心……』

「哪裡哪裡，才沒那種事呢。不過……說到這個，人家一直在遲疑要不要透露，其實有一個方案能實現學長們的心願。可以的話，請喬治學長不要說是人家的主意，能由你向小熊學長跟那波學長提議是最好的……」

『交給我吧！』

…………

…………

……

好，這樣就行了。

真理愛掛掉電話，從冰箱裡拿出新的冰品。

（黑羽學姊和白草學姊都沒有接納粉絲團的存在……人家非得利用這個優勢。）

她當然也知道有粉絲團不盡然是好事，更清楚另外兩人不接納的理由。

然而，願意像剛才那樣積極交換情報或暗中行動的人才實在難得。

但必須留意相處的方式。

為避免拿捏出錯，真理愛委託玲菜打聽了喬治學長的風評。事發突然，玲菜卻收了朋友價的委託費並且立刻給出回應。

至於調查的結果——其實喬治學長是個大好人。

『喬治學長那腔調固然有種反常狂放的氣息，不過聽說他在動畫研究社擔任社長時都有好好帶領社員，受到大家的景仰。交友關係也很良好，起初旁人都會被他的狂放嚇到，如今就見怪不怪了，好像還被當成愛耍寶的留學生來親近喲。』

關於小熊和那波這兩個人，真理愛姑且也向玲菜打聽了一下。

『以我的感覺嘛，他們兩個只是腦子犯蠢，並不算有害的人喲。至少在粉絲團設立前，他們就組織過類似的草創團體，可是都沒有向志田學姊或可知學姊多囉嗦什麼。』

據說是如此。

這樣的話，那兩個人曾經提到——

『我們成立的目標在於讓志田同學幸福！志田同學，往後若有什麼需求就請妳隨時吩咐！』

『……願意為妳奉獻、願意奉妳為主的人都聚集於此……歡迎下達任何指示……』

或許這些台詞真能視為他們誠摯的心意。

（既然如此，把學長也拖來這場團體約會才有助行動……假如他們的為人有問題，人家會沒有臉面對黑羽學姊及白草學姊，不過他們是懂得守分寸的粉絲，想必不至於誤事才對……再說人家的立場可以透過喬治學長來操控其他粉絲團的團長，能用的手段是多多益善……）

話雖這麼說，局面亂成這樣也有可能一發不可收拾。

「哎，那倒也不壞……看來姑且還是先模擬各種可能發生的情況比較好……」

真理愛為了讓腦袋清晰，便去了浴室。

＊

當小說熬不出靈感時，白草習慣沖個澡舒展身心。

可知家有設備齊全的浴室，但是要簡單沖個澡就顯得「太寬敞」，「要特地到那裡也嫌麻煩」。白草基於這些理由，通常是利用自己房裡備有的淋浴間。

而現在，她並沒有在執筆作品，腦子裡卻無法理出頭緒，因此才要沖澡。

（小末跟粉絲團見面是在後天週六……）

白草正感到焦躁。剛才她心煩意亂，甚至忍不住把小末玩偶當足球踹到牆腳。

末晴被粉絲團女生包圍時的表情。光是想起那張臉就讓白草的血壓迅速飆升。

「笨小末……」

「為什麼小末會被那樣的一群女生迷住呢……」

白草想起了那名叫那波的男生過來問候，還自稱是她的粉絲團團長這件事。

（不行……那不合我的性子……）

光回想就起了雞皮疙瘩。在談到生理上無法接受對方容貌或個性合不來之前，有陌生人抱持強烈好感就是一件令白草覺得噁心的事。

對方肚子裡有什麼想法根本無從推量。以前霸凌自己的人當中，也有很多在一開始是嘻皮笑臉過來親近的。

白草才不希望受人喜愛，只要有幾個真正覺得重要的人就夠了。

「唉……」

她不禁嘆息。感覺自己的想法是有偏差，但是因為有這種觀念，對於末晴迷上那些陌生女同學的行為便無法理解。

（迷上志田同學或桃坂同學的話……倒還可以理解。）

可恨歸可恨，她們倆都有自己缺乏的魅力，還各別跟小末擁有只屬於他們的回憶。當然了，把總和的魅力、好感度都算進去，再加上「初戀對象」這種特殊地位，在小末心裡排行第一又無人能敵的完美對象無疑是自己。

（沒錯，所以我就算讓那兩個人一百步……不，就算讓一千步……一萬步……或者一億步……基本上，我何必對她們讓步呢？想這些真是愚蠢。）

黑長髮貼在身上。淋浴的水溫明明調得很低，腦子裡卻在發熱，完全沒辦法冷卻。

「笨蛋笨蛋笨蛋笨蛋……」

照理說是為了讓頭腦冷卻才沖澡，卻似乎因為環境封閉，向內的心思就不由自主地盡是在思索負面的事情。

白草做了深呼吸。她打算藉此調適呼吸，回想正面的事情。

『我認為坦率是重要的一件事。妳無法對人坦率，在我看來就像自己勒緊了自己的脖子。』

小末在沖繩這麼說過。而且坦率面對之後，實際上事情就變順利了。

怎麼辦？「難道這股不滿也應該坦率表現出來嗎」？

「…………」

或許自己也可以試著坦然表達不滿。當然得看時機就是了。

坦白講，吐露不滿是有所恐懼的。假如被小末當成煩人的女生、麻煩的女生、囉嗦的女生，自己就活不下去了。

但是志田同學或桃坂學妹都會毫無顧忌地過問，尤其志田同學還一再對小末發飆，他們也起過口角，而自己其實對這樣的互動感到羨慕。

對了，「或許這正是下一個階段」。

（這是重要的階段……）

當中有風險。即使是同一句話，換個語氣就會讓印象大有不同，必須慎重因應。

男女雙方交往以後，還有結婚以後，應該不可能一輩子都不吵架。假如彼此有上下關係，比如被國王選上的平民女子，那或許另當別論，然而那樣的例子太過特殊了。往後自己跟小末交往時，應該要考慮到遲早會有吵架的一天才自然。

既然如此，踏出這一步是必須的。要提出不滿，要相互諒解，必須讓雙方能像這樣磨合。

「……好！」

白草關上水龍頭，走出淋浴間。

或許是拜淋浴所賜，頭腦變得清晰。

「白白，要不要休息一下～～？我拿柳橙汁過來了喔～～」

換好睡衣以後，門外就傳來了說話聲。

「謝謝妳，紫苑。」

話說完，白草便讓她進了房間。

夜已深，所以紫苑也穿著睡衣。她準備了柳橙汁，還一併將自己要喝的熱牛奶端了進來。

白草一面喝柳橙汁一面提起今天社團的事情當閒聊話題。

紫苑聽完整件事，便撿起擱在旁邊的小末玩偶第3版（根據妄想縫製出的國中生版本），並且掐它的脖子。

「白白的粉絲團？那波同學嗎……嘖！連自己有多少斤兩都不知道……居然擅自做出這種事……要不要我去宰了那些男生呢……」

「等等！妳別欺負小末玩偶！」

白草急忙將小末玩偶救了回來，紫苑卻無法息怒，嘴裡還呼呼喘著氣。

「我先說清楚喔，紫苑，不准妳多事插手。畢竟我已經拒絕粉絲團了，這點小事靠我就足以應付。」

「……哎，既然白白這麼說。」

「重要的是粉絲團帶頭的那幾個團長，妳認識他們嗎？往後對方或許還會來接觸，假如妳曉得什麼，我希望能事先了解。」

紫苑淡然說道：

「我認識小熊同學和那波同學，因為去年我跟他們同班。」

「他們是什麼樣的人？」

「都是傻瓜。」

毫無遮掩的評論。

「小熊同學跟外表粗壯的印象一樣，屬於會和哥兒們鬼吼鬼叫的體育派傻瓜。那波同學多少有被評為型男，但是很多女生受不了他那頭長髮。他那老是冷笑又愛耍帥的模樣簡直蠢極了。」

「所以那兩個人都很惹人嫌嘍。」

「不，他們只是蠢，並不算惹人嫌。」

白草不禁眨了眨眼睛。

「咦，是喔……？」

「小熊同學有熱血過頭的毛病，但是在班上都被當成可靠的領頭大哥。我記得就是因為他那種特質得到賞識，現在才會在棒球社擔任隊長。」

「另一邊的那波呢？」

「其實，去年曾有人目睹那波同學在放學回家的路上拋開雨傘，將被遺棄而淋著雨的小狗連同紙箱一起抱回家的身影。因此他在班上女生間的評價就定調成：『雖然留長髮很狂，骨子裡似乎是個好人。』」

「他們兩個怎麼奇特成那樣，為人還善良到異常的地步啊……」

紫苑一向直話直說，從她這裡可以聽見十分坦率的意見。只不過她討厭男生，所以聽的時候得將這一點考慮進去……白草有如此的心理建設，然而紫苑會這樣評價算是相當讚賞吧。

順帶一提，過去聽她對末晴的評價是：

『既白痴又垃圾又人渣到全世界無法容許其存在，還喜歡在白白身邊飛來飛去的臭蒼蠅！』

大致上就是這樣。

白草反省。她被粉絲團的那些人嚇壞了，但是或許有必要讓自己冷靜一點再來審視。

「啊，妳認識學生會的副會長……那個叫惠須川橙花的女生嗎？」

「！」

紫苑嚇得全身顫了一下，還挺直了背脊。

「妳怎麼了嗎……紫苑？」

「沒事，沒什麼～～」

「那妳為何要移開視線呢？」

「沒什麼～～」

唔唔……真可疑。

白草看著吹口哨的紫苑，決定要打探一下內情。

第二章 混沌約會

＊

週六的澀谷理所當然有著大量人潮，很是熱鬧。

天氣晴朗。暑氣已經消退，氣溫正適合穿長袖在外走動，堪稱絕佳的約會吉日。

我端詳自己的穿著。

簡樸的長袖T恤搭配窄筒褲，不過這可是我昨天從服飾店找圖片傳給哲彥，還被他嫌了將近十次的「爛」，死纏到最後才讓他回答「勉強及格」的打扮。

我別無他意，但是撇開上次的沖繩旅行，我完全沒有跟黑羽以外的女生出門過耶。尤其這次會有許多女生到場，我還是要注重衣著儀容才行吧？這真的別無他意喔。

其他人都還沒到，當我戰戰兢兢地一會兒整理服裝，一會兒胡思亂想時，HOTLINE就收到訊息了。

——是黑羽傳來的。

『我相信你喔！』

…………………………………………心好痛。

罪惡感真重……不過，黑羽傳訊的時機未免太精準——

嗯？時機精準……？

我迅速回了訊息。

『小黑，難道妳來澀谷了？』

立刻就有了回應。

『為什麼你會這麼問？我沒有去啊。』

…………

經過短暫苦惱，我試著傳訊息給碧，內容是問她黑羽在哪裡。

碧立刻回訊息了。

『黑羽姊出門了。去哪不曉得。』

…………

照這樣判斷……她有來……？

在這裡嗎！

我頓時轉頭一瞧。

以柱子及建築物的死角為重點尋找。

……沒有嗎？不過，這無法證明黑羽沒來就是了。

當我依舊東張西望窺探著四周時，有聲音從背後傳來。

「丸同學，抱歉。我們在等所有人到齊就來晚了。」

「惠須川同學。」

惠須川同學一身看得出柔美體態的褲裝打扮。雖然有欠華麗，整潔又方便活動的感覺很符合她的風格。

「丸學長！」

「丸哥好！」

從惠須川同學背後出現了四個女生。看來她們就是今天一塊成行的粉絲。

據說粉絲團本身是有十名以上的成員，但全部都找來會無法收拾。因此要由時間上能夠配合的女生進行抽籤，今天來的好像就是順利抽中的人。

「好棒！看他穿便服好新鮮喔！」

「你比平時還帥氣耶，學長！」

「開心～～！我搶到丸哥旁邊的位置了！」

「妳怎麼偷跑啊！」

「喂喂喂，丸同學都不知道該怎麼辦了吧。妳們這樣拉拉扯扯……」

惠須川同學想幫我主持場面，近似失控的女生們卻停不住。

「哈哈，惠須川同學，沒關係。我不介意。」

「是嗎？」

「是啊。還有我得到的訊息是說妳們會包辦行程，所以今天要先去什麼地方？」

我苦笑著回話，內心則是這麼想：

——超　爽　的　！

咦！這是怎樣？爽成這樣不會出事嗎？

讚啦！她們都好可愛！卻在為了我爭吵！可愛！香！不會瞪我！可以聽到她們大力誇獎我！可愛！太棒了！我好有人氣！

呵呵呵，傷腦筋耶……明明我只有一副身軀……

反正黑羽也說過：『你就去嘛。』即使我出賣了身體，也不會出賣心靈（？）啊。沒問題沒問題！咯呵呵呵呵……

「那、那就走嘍？」

惠須川同學擔心似的望向我。

我當作沒注意到，跟女生們有說有笑地聊了起來。

＊

「小～～晴～～——！你居然對她們迷成那樣～～——！」

黑羽一直躲在建築物死角觀察末晴的狀況，還為此咬牙切齒。

她回過頭，期待得到共鳴。

可是——狀況跟預料的不同。

「小末，瞧你迷成那樣……可真是享受耶……我不能放任你這樣下去。」

白草似乎正嘀嘀咕咕地不知道在說些什麼。由於黑色長髮被藏到帽子裡，還有搭配平光眼鏡所做的簡易喬裝，看起來完全成了危險人物。

「可知同學？妳在做什麼？」

「小末……看著我一個就好！……這樣語氣太重了。不然短一點，罵他：『壞壞！』……像是在訓小孩會不會不太好……不對，也許反而有效……？」

「…………」

黑羽決定把沉浸在自己世界的白草擱著不管，轉而看向真理愛那邊。

於是——

「……好，這張照片的角度不錯。完美。」

真理愛的裝備比白草更齊全。她戴的不是平光眼鏡，而是墨鏡，髮型也梳成丸子頭，要一眼就認出她是真理愛並不容易。只不過……墨鏡適合搭配成熟型女性的時髦裝扮，真理愛穿的服裝卻是俏麗風格，唯有墨鏡顯得格格不入。

真理愛似乎是認為只要自己的臉不被看見就好，便一手拿著看起來很高級的單眼相機，還朝著末晴猛拍照。

「小桃學妹，妳在做什麼？」

「看不出來嗎？人家正在拍照。」

「這我看得出來，但是妳為什麼要拍？」

「發生狀況時，物證多不是比較有利嗎？」

「妳設想的出發點好可怕。」

當她們談這些時，末晴等人開始移動了。

「可知同學，我們該追上去了。」

「啊！」

白草猛然回神。

「不知不覺就溜了！卑鄙……！」

「我可不會幫忙吐槽喔。」

「這不就是在吐槽嗎？兩位學姊，重要的是得趕快追。」

黑羽、白草、真理愛互相點點頭，然後保持警覺跟到末晴後面。

末晴一行人從中央大街走向井之頭路。

「他們的目的地是ＶＲ　ＬＡＮＤ？不對，人數太多了一點，所以是去手創館？」

黑羽嘀咕以後，白草和真理愛就歪過頭。

「志田同學在說些什麼？」

「不不不，白草學姊，這連人家都聽得懂耶。ＶＲ　ＬＡＮＤ是提供玩樂的店家，手創館則是可以買東西的店家，對吧？」

「未免太簡略！」

黑羽感到頭大。

「妳就住在東京，怎麼會不知道？還有小桃學妹之前的經紀公司不是在澀谷嗎！」

「黑羽學姊，人家從小學時就是女演員，沒辦法隨便上街啊。有空閒的那段時期則是因為家境窮。」

「啊，對喔……抱歉。」

「我最主要是因為沒有可以一起出門的朋友！」

「為什麼要講得自信滿滿！莫名其妙！」

白草用中指推了平光眼鏡。

她本來就是作家，戴上眼鏡更顯知性。此外便服添增了成熟感，還襯托出身材有多麼姣好。

「受不了，志田同學是不是鈣質攝取不足呢？」

「誰害的啊！可知同學，妳比小桃學妹更不熟吧！」

「澀谷不就是讓淫男浪女互相搭訕，而且每天晚上都會像魔女夜宴一樣開派對尋歡作樂的可怕城市嗎？熟悉這地方又能怎樣？」

「好誇張的偏見！」

黑羽感到更加頭大了。

「可知同學，妳跟大良儀同學是朋友吧？她都沒說過什麼嗎？」

「這些資訊就是紫苑上網幫我查來的。」

「原來妳的資訊是出自她那邊嗎！」

不曉得大良儀同學提供澀谷的奇怪資訊是出於刻意或者天生少根筋。

兩種假設都不無可能，使得黑羽的頭痛了起來。

「啊，兩位學姊，末晴哥哥他們走進一棟滿時尚的建築物了耶。那裡是……服飾店嗎？」

建築物為四層樓高，多虧每一面玻璃牆都是透明的，內部一覽無遺。

「對，那是美好年代廣場，一般的服飾店。表示他們打算純逛街吧？」

「「純逛街……」」

白草和真理愛的聲音隨之變低。

「我都還沒跟小末一起逛過街……」

「這麼說來，人家以前也只有在拍戲現場才會跟末晴哥哥相處，都沒有一起逛街買東西的印象……」

「喔，這樣啊～～」

黑羽笑吟吟地露出完全贏過她們倆的笑容。

「哎，沒辦法～～畢竟妳們跟小晴的**交情也就這點程度**而已嘛～～像我**每次換季**都會找小晴陪我逛街喔。倒不如說，小晴挑衣服猶豫時，我還會**替他打點穿搭**耶。啊，這些話**聽起來像在炫耀嗎？**抱歉，**我不是在跟妳們炫耀喔**。」

「妳這女的——！想不想嘗嘗被大卸八塊的滋味——！」

「呵呵呵……黑羽學姊，妳滿會刺激人的呢……有人敢來叫戰，人家就一定會奉陪喔……妳說這些話是有心理準備的吧……」

三個人互瞪。

於是，從某處傳來了說話聲。

「奇怪，那不是小丸的青梅竹馬志田嗎？」

「！」

黑羽不由得用手捂了臉頰。

真理愛是人人皆知的女演員；白草也是上過電視的文化界人物。

然而，黑羽本身並不曉得自己的長相已經會被社會大眾認出來。

「咦？群青頻道那個嗎？」

「欸，跟她在一起的該不會是——」

私語聲逐漸蔓延，來來往往的行人開始停下腳步。

「黑羽學姊，這邊。」

真理愛拉了黑羽的手，黑羽便跟著她跑。白草也緊隨在後。

接著她們走進隔了一段距離的建築物躲起來。

「……看來群青頻道的知名度提升得比人家想像中還高。」

黑羽確認沒有任何人跟來，然後深深地吐了口氣。

「就是啊，嚇我一跳。」

「黑羽學姊，這是人家帶著預備的，請妳拿去用。」

真理愛從側肩包拿出帽子和平光眼鏡。

「我居然要喬裝才能在外面走動……」

「一開始或許會覺得遲疑，不過很快就習慣了。」

黑羽對白草善意的話感到稀奇，然而她想起自己以前也開口安撫過對方：「很快就會適應末晴和哲彥那種鬥嘴。」

「也對，謝謝妳們。重要的是得去追小晴他們。」

「人家有看見他們走進店裡，因此恐怕還沒有出來。」

「這次要比剛才更謹慎喔。」

三個人點了點頭，然後邁出腳步。

要是在澀谷太張揚而引起騷動，就沒辦法追蹤末晴。即使不張揚，有三個高中女生聚在一起，還都戴著眼鏡，仍然是有點稀奇的景象。她們非得慎重行事。

——儘管她們三個都有了這樣的共識。

「啊～～這款飾品果然比較適合末晴學長～～」

「不對，我拿的這款跟末末才配吧！既然大家要一起出錢，挑貴一點的也沒關係啦！」

「欸欸欸，末晴寶貝！你試一下這件襯衫嘛。我覺得跟你很搭耶～～」

「啊哈哈哈哈～～是嗎～～？妳們對我真好耶～～」

「「「…………」」」

她們三個蹙眉沉默下來。目光才離開沒多久，末晴就已經跟粉絲團那些女生聊成一片，距離大幅縮短了。

「我才沒有對你多好～～！咦，難道說，志田同學都對你很凶嗎？她確實散發著一股嚴格過了頭又不懂變通的氣質～～」

「可知同學給人一不順心就會立刻不高興的感覺耶～～」

「對啊～～還有桃坂學妹好像超擅長情勒～～」

「沒、沒沒沒那回事喔。小黑、小白和小桃都是乖女生喔。」

「末晴寶貝，你真是溫柔～～！」

「啊哈哈，你不用急著幫她們說話啦～～」

黑羽的太陽穴開始抽搐了。

「那算什麼啊。她們該不會打算一起出錢買飾品給小晴當紀念吧？這個點子本身就讓人不爽耶。」

「還發明『末晴寶貝』這種稱呼，爛透了。應該在地獄下油鍋。」

「人家記住她們的台詞和長相了，之後會確實建檔備查。」

「——噫！」

三名少女躲在陳列的服飾死角散發出黑暗氣場。

經過的路人為之卻步，進而察覺不能跟她們幾個有牽扯。所有人紛紛保持些許距離，並且繞道而行。

「這樣看來……不得不採取行動了呢。」

黑羽並沒有看漏真理愛悄悄離開的動作。

她偷偷追上去，就發現真理愛到了電梯附近撥電話。

黑羽從死角豎起耳朵細聽真理愛說話的聲音。

「……是的，沒有錯。喬治學長………麻煩你向小熊學長……好的……拜託你們了。」

太可疑了……

黑羽冒出不好的預感，便等真理愛掛掉電話再過去攀談。

「妳在打什麼主意？」

「啊，黑羽學姊，原來妳發現了嗎？」

真理愛即使遭受詰問也毫無動搖。

「畢竟我們組成了聯合戰線，妳會一五一十地告訴我吧？」

「這該怎麼辦好呢……」

「小晴要跟那些人團體約會的情報可是我透露給妳的耶。」

「說得也是。人家只是使壞一下而已，本來就沒有打算瞞學姊喔。」

真理愛一臉若無其事地走過黑羽面前，並且往白草那裡走去。

「總之請學姊看著嘍。」

「……好吧，就看看妳有什麼手段。」

「那個女的居然黏著小末不放……！」

白草只顧發出殺氣，而真理愛拍了她的肩膀，還將食指湊在脣邊示意要她安靜。

就在此時——有個男的粗魯地撞了末晴。

「喂喂喂！你擋什麼路啊！」

「…………咦？」

黑羽眨了眨眼睛。

這種刻意作戲的調調是怎麼回事？該不會是常有的那種套路吧？明明日常生活中不太可能發生，偏在這個時間點碰上混混找碴的經典橋段？

黑羽沒好氣地瞟了真理愛一眼，真理愛卻笑得像在暗示好戲在後頭。

而且，黑羽看過那個撞人的男生。

（我記得……那個人自稱是我的粉絲團團長……）

沒錯，是那個姓小熊的男同學。

打扮很沒品味。該怎麼形容好呢，以末世紀為舞台的作品當中，感覺就會有一群留雞冠頭的無賴穿那種以皮革為主的服飾。

小熊渾身肌肉，個子也高大，因此相當震撼且有魄力。

……然而，小熊跟黑羽提到粉絲團時，末晴也在場，因此他好像立刻就認出對方是誰了。

「我記得你是那個叫小熊的……」

「那不重要！我的右手很痛！你這傢伙要怎麼補償！」

不至於驚動旁人的絕妙威嚇。末晴粉絲團的那些女生受了驚嚇而發抖，正在互相耳語：「是不是找人過來勸阻比較好……」

當中唯有一個女生例外。

「你是二年H班的小熊吧。在棒球社當到隊長的你為什麼要玩這種花樣？」

「不關妳的事。」

小熊推開橙花，始終只衝著末晴耍狠：

「怎樣，你有意見？我可以不跟你收補償費啦，但是，你應該賠罪吧？好比當場跟我下跪道歉，懂嗎？」

「嘖……」

末晴咂嘴瞪了對方。

黑羽側眼望著他們倆並問道：

「小桃學妹，那是妳安排的吧？」

「是的，沒有錯。人家跟小熊學長說『黑羽學姊希望你能這麼做』以後，他就立刻答應協助了。」

黑羽板起臉。

「別擅自用我的名義好嗎？」

「既然我們組成聯合戰線了，有什麼關係呢？何況人家說黑羽學姊希望他這麼做，又不算是謊話。」

「哪裡不算？」

「小熊學長的行為是在貶低末晴哥哥。在學校的話還難講，如果末晴哥哥在這種大街上的店家向人下跪，粉絲團那些女生會怎麼想？學姊不覺得她們會心冷嗎？」

「原來如此。」

白草發出感嘆之語。

真理愛更進一步解說：

「為了逼粉絲團解散，讓她們不再春風吹又生，主要方針應該就是『貶低末晴哥哥，讓粉絲團女生對他心冷』或者『讓末晴哥哥不想跟粉絲團女生有牽扯』這兩種。」

「所以桃坂學妹才派小熊去吧。這個策略不錯。」

「這招不行喔。」

黑羽當面否定了白草的意見。

「妳們倆都想得太便宜了。我能理解小桃學妹說的方針，但是這招完全不行。趕快聯絡小熊，把他叫回來比較好。」

「黑羽學姊，人家可以理解妳是擔心自己的粉絲團團長在外動粗，會讓自己受波及才說出這種話——」

「——等一下，小桃學妹，我完全沒有想到妳說的波及……那是什麼意思？」

真理愛悄悄轉開目光後，就俏皮地歪過頭微笑。

「問題並沒有被妳敷衍過去，我也不會允許妳敷衍。」

「啊，小末……！」

白草的嘀咕讓黑羽和真理愛都把視線移了過去。

末晴遲遲不肯下跪，小熊氣得揪住了他的衣襟。

「臭傢伙，你趕快給我跪！」

但是在這個時候，末晴眼裡燃起了火光。

黑羽看得出來，那是末晴在內心「切下開關」的證據。

末晴還揪住小熊的衣襟，「好似原模原樣地複製了小熊剛才的台詞說」：

「——臭傢伙，你趕快給我跪！」

剎那間，周圍一片譁然。

「咦，剛才那是什麼……」

「一模一樣耶……」

完全相同的台詞、語氣、嗓音。

粉絲團的那些女生為之驚愕，眼睛還發直了片刻，但是隨著她們逐漸理解眼前發生的狀況，臉色就轉變成了歡喜。

「……好厲害！末晴學長，你好厲害！」

「末晴寶貝，帥耶！」

「沒錯沒錯！末末說得對！要跪的人是你！」

現場情緒被一舉炒熱了。只有橙花保持冷靜，還以末晴粉絲團團長的立場制止眾人以免騷動擴大，可是她擋不住這種趨勢。

「唔……」

小熊退縮了。

這也難怪。之前粉絲團的女生都被他嚇得乖乖不敢吭聲，但除了橙花以外仍有四個人，人數差距懸殊。

小熊畏懼來自眾女生的反擊，旋踵就走了。

「欸，站住！」

也有女生想追上去，不過橙花予以制止。

「哼哼～～！」

「末晴學長，剛才你是怎麼辦到的？會不會太天才了啊？」

「真不愧是大明星！」

粉絲團女生們對末晴的評價急速上升，比剛才更熱烈的讚賞與攻勢落在末晴身上。

「啊哈哈哈哈哈哈哈！」

於是——末晴完全得意忘形了。

「……看吧，我就說嘛。這招行不通。」

黑羽語帶嘆息，真理愛便咬緊了牙關。

「看來就這次而言，人家不得不認同黑羽學姊說得沒錯……但是學姊怎麼會發覺這招行不通呢？」

「小晴雖然沒有自尊心，但那是在事情只跟自己有關的情況。有人會因而受傷時，他何止不肯低聲下氣，還會挺身站出來喔。小晴因為我被瞧不起而生氣，就拿紅酒潑了赫迪・瞬老闆的那一幕，妳們都有看見吧？」

「啊……」

「的確……」

白草和真理愛都沉默下來。

「如果是為了女生，小晴還會更拚命。基本上他並不會逞威風，不過那是因為『取悅別人』的優先度比『逞威風』高，他才容易走搞笑路線。碰到這種危機時，他就沒有『取悅別人』的選項可選，自然會卯足了勁逞威風嘍。」

「「…………」」

「啊哈哈哈哈哈！」

聽得見末晴高聲大笑。

白草和真理愛垂下了肩膀。

粉絲團的那些女生送了末晴一條簡樸的銀項鍊，末晴笑吟吟地收下。

黑羽等人咬牙切齒地看著那幕景象，並且追到離開店家的末晴等人後頭。

「以時間來講差不多要吃午餐了。怎麼辦？追到他們用餐的店裡會有危險，我們就外帶解決吧？」

「——不，請學姊稍等。在那之前，人家會再祭出一招。」

黑羽想起剛才的失敗，因而瞇起了眼。

「小桃學妹，這次不會有問題吧？」

「這才是人家安排的重頭戲，請學姊看著。」

「我很擔心。」

「就是啊。」

「啊，人來了！」

真理愛一面躲到招牌後方一面伸手指去。

在她所指的方向……有個疑似混血兒的金髮男性。長髮在脖子後面綁成了一束，還蓄著淡淡的鬍子，年紀大概是二十出頭？

遠遠望去也能看出，那是個令人驚豔的型男。

「嗯～～我總覺得好像看過那個人……」

黑羽偏頭思索，白草便不屑地說：

「水性楊花的女人就是這樣，看到長相好一點的男人就會深深記在記憶中樞內部呢。真是汙穢。」

「可知同學，妳就只有在罵人的時候格外有勁……我對他有印象並不是因為那樣，而是最近我好像在哪裡見過那個男生……」

「不愧是黑羽學姊，識人仔細。請白草學姊要反省。」

白草氣得額頭上冒出了青筋。

「啥？我為什麼非得被妳說成那樣？」

「那個人，就是學姊的粉絲團團長啊。」

「「！」」

意思是……

「那個人是……那波同學？」

「沒錯，黑羽學姊。他就是那個頭髮留得長～～長的那波學長。」

真理愛賊賊一笑，然後自豪地挺起鼻子。

「那個人只是髮型噁心，五官其實相當端正，人家一瞬間就看出來了！跟玲菜同學確認後，人家才曉得那波學長似乎有四分之一的外國血統，適合留金髮也是當時靈光一現想到的！」

「那又怎麼樣？」

「白草學姊，之前人家提過兩種方針。『貶低末晴哥哥，讓粉絲團女生對他心冷』的做法失敗了，但是另一種……『讓末晴哥哥不想跟粉絲團女生有牽扯』還留著。」

「所以說，妳打算利用那波來揭發粉絲團那些母鬣狗的齷齪本性嘍。」

白草看似愉快地揚起嘴角。由於她臉孔標緻，耍心機時就會變成具有魄力的惡女風格。

「……這點子不壞。妳會如何使計呢？」

「啊，雙方要接觸嘍。學姊妳看了就知道。」

白草從招牌後頭探出身子。黑羽也將帽子深深戴好，觀望情況的發展。

那波朝著走在路上的末晴那群人靠近。接著，他輕輕撞到了粉絲團的女生之一。

雙方隨即對彼此低頭賠不是。才以為事情就此結束──那波突然慌張起來。

「不好意思，附近有沒有隱形眼鏡掉在地上？」

「！」

聽他這麼說，末晴一行人便無法不以為意地走掉。

「我們一起找吧。」

據說校內秩序是靠學生會的副會長橙花在維持，末晴以及粉絲團眾人對她這個符合個人作風的提議點了頭。

大家都蹲下來，拚命幫忙找隱形眼鏡。

「小桃學妹，該不會……」

「沒錯，那波學長是唬他們的，他只是想製造機會讓彼此認識。這部分的劇本是人家想出來的。」

「桃坂學妹，我會建議妳不要把劇作家當成目標。妳偏好的感覺都是老套過頭的橋段。」

「我認為劇本怎樣都無所謂，問題在於這似乎得不到成果。」

「兩位學姊，接下來才是重點喔！」

三個人把招牌當作遮蔽物，猛盯著末晴他們那邊偷看。

那波似乎暗中將隱形眼鏡藏在手裡，還裝出宛若剛剛才找到的模樣撿起。

「啊，找到了！」

太好了——末晴等人相視而笑。

那波背對他們，假裝把隱形眼鏡戴上去，接著就露出迷人的型男笑容。

「謝謝各位，真的是託妳們的福。」

「沒那回事。」

橙花代表眾人回應。

「不，畢竟給妳們添了這麼多麻煩，請讓我表示謝意。可以的話，要不要一起用餐呢？當然是由我請客。」

好似要融化人心的笑容讓粉絲團裡開始出現臉頰泛紅的女生。

「啊，不過是不是打擾到妳們了？社團辦聚會活動嗎？話雖如此，感覺在場的盡是漂亮女生呢。」

「討厭～～！才沒有呢！」

「就是說嘛～～！」

粉絲團的那些女生不禁笑逐顏開，反觀末晴的臉色則逐漸黯淡。他瞄了一眼自己映在櫥窗上的身影並嘆氣，舉止間散發出哀愁。

難道說這招能奏效——黑羽正要這麼想的時候，橙花開口了。

「感謝你的好意，但我心領了。因為我只是做了理所當然的事。」

橙花的語氣乾脆俐落，而且沉著得足以讓眾人冷靜下來。

「大家想的話可以跟這位男生去用餐。我身為丸同學的粉絲團團長，今天是打算跟他一起度過。當然，妳們用完餐後要再次會合也無妨吧？」

「惠須川同學……」

末晴的眼眶濕了。

粉絲團的那些女生大概也察覺苗頭不對，便爭相開口說：

「不好意思，今天我們這些粉絲好不容易才可以跟末晴學長一起吃飯，因此請恕我拒絕！」

「感謝你的心意，但是要跟著素不相識的人走，難免會覺得不安。」

「跟末晴寶貝相處一個小時是無可替代的！」

「妳們……」

女生們眼裡已經沒有那波。所有人都回過神，而且態度堅毅。

末晴大概也體會到這一點了，他對女生們投以信任的眼光。

「那我們失陪嘍！」

那波沒有去追離開的末晴等人。顯然即使再繼續糾纏，也沒有任何一個人願意跟他走。

我們去已經訂好位的店吧——橙花說完，大家就和樂融融地熱絡起來。

對話從未間斷，也沒有出現為了末晴爭破頭的狀況。

以結果而言，這件事增進了粉絲團團結是一目了然的。

「抱歉……」

「對不起……」

「真的要怪你們耶。人家原本還期待你們會演得更好～～」

趁末晴等人走進位於小巷的義大利餐廳後，喬治學長就帶著小熊、那波兩人過來謝罪了。

「我沒有臉見妳，志田同學……！我是為了妳才嚇唬他的……！」

小熊將壯碩體格縮成一團，深深地低下頭。

氣勢洶洶地站著的黑羽俯視小熊，並且斷然告訴他：

「擅自說是為我好也只會造成困擾而已，說真的，拜託你別這樣。還有，我認為我之前就說過自己不需要粉絲團了耶。你要確實讓成員解散喔。」

「放、放過我們吧……！我們不會高調行事的……！」

「順帶一提，就算你們不高調好了，粉絲團打算辦什麼樣的活動？」

「比如互相分享志田同學的照片……」

「爛～～透了！不准採用！」

「嗚嗚……」

黑羽不留情面的一擊導致小熊垂頭喪氣。

另一方面，那波這邊也在跟白草道歉。

「可知白草……雖然這次失敗了，請再給我一次機會……我會為妳貢獻……」

「噁心，別靠近我。」

「唔哇……」

這句話太過冷酷，讓黑羽不由得繃緊了臉。

可以想見那波應該深受打擊。如此心想的黑羽偷看對方的表情——

「啊啊……可知白草……果真夠狠……！太美妙了……！」

就發現那波臉上洋溢著陶醉的笑容。

「小桃學妹，那波同學算是最糟糕的吧？」

「是啊，黑羽學姊。人家實在沒有想到他的被虐狂傾向會這麼嚴重……唉，不過這樣跟白草學姊配在一起正好。」

「別擅自替我亂配！妳肯定只是隨口說說的吧！」

「不不不，學姊不覺得他這種無可救藥的窩囊感，跟自己有點像嗎？」

「才不像！」

氣到爆炸的白草下令要小熊和那波離開。

那些氣話讓那波高興得發抖，不過小熊扛著他離開了。

「所以現在要怎麼辦，小桃學妹？妳的計策接連搞砸了。」

「坦白說，人家以為他們當中總有一邊能造成粉絲團不和，在午餐時間之前就可以讓所有人解散，可是人家錯估了。」

「粉絲團跟小晴的感情反而變好了嘛！」

「外行人耍小聰明就是這麼回事。」

真理愛喝了滿口飲料將臉頰鼓得像松鼠，然後轉過頭踹了根本不存在的石頭。

「哦～～既然學姊們要這麼說，那就算了～～！人家好不容易才安排好這些的耶～～！反～～正，都是人家的錯對吧～～？」

「沒有那種事喔，真理愛。我知道，妳相當努力。」

喬治學長開口安慰，真理愛卻完全不領情。她只會用「生氣生氣氣呼呼～～」這種謎樣的字句來威嚇喬治學長。

「唉，她根本是鬧起脾氣了……」

「怎麼辦，可知同學？」

「何苦問我呢……」

黑羽和白草望向彼此的臉，雙方肚子頓時發出咕嚕咕嚕的叫聲。

「我們到底在忙什麼啊……」

「真可悲……」

然而雙方都沒有講出「乾脆回家吧」這句話。這時候回家也只會好奇粉絲團的後續行程，而且她們希望一有狀況就出手介入的想法並沒有改變。

「——妳們幾個果然都在。」

「「「！」」」

黑羽等人回頭看去，就發現橙花在那裡。

「糟、糟糕了……」

真理愛打算靜悄悄地從死角開溜，就被橙花趕上去逮住了。

「蠢貨。」

「請～放～開～～人～～家～～」

「妳不逃我就放手。」

「了解了，人家不會逃的。」

「……妳一副就是會逃的表情。志田，能不能請妳在我把話講完以前先按住她，以免讓她逃掉？」

「我知道嘍，小惠。」

黑羽將脖子被拎著的真理愛接到手裡。不出所料，真理愛死命掙扎，但黑羽決定不理會她。

橙花聳聳肩說道：

「總之我沒有生氣的意思，只是覺得妳們果然在場，畢竟發生了許多怪事。」

「難怪妳會發現……」

「副會長，我不求妳原諒，不過希望妳能考慮到我們背後的因素。」

白草似乎決定從正面說服對方。

黑羽思索了片刻，但她立刻就決定跟白草相互配合。因為她判斷與其玩弄笨拙的手段，面對面拜託橙花應該比較有效。

「小惠，我跟妳說，我們是無法那麼輕易認同粉絲團的。妳能體諒這一點吧？」

「也是，我自認能體會志田話裡的意思，所以我過來是打算向妳們幾個提議，吃完午餐後要不要跟我們一起逛街？」

在黑羽手裡掙扎的真理愛頓時停住了。

「妳們的不安，難道不是出於對粉絲團的不信任感嗎？只要了解粉絲團成員會謹守身為一名粉絲的分寸，更不會成為妳們的情敵，妳們也就沒有必要小題大作了吧？」

「那妳為什麼不從一開始就來找人家談這些呢？」

真理愛滿腔不平地嘀咕。

橙花明瞭地回答：

「沒有先讓粉絲團成員滿足到一定程度的話，她們應該不會接納我的提議。上午已經買到要送丸同學的禮物，也加深了彼此的關係，我想團裡也有女生會答應讓妳們從下午開始加入吧。」

「原、原來如此……」

「志田，妳們幾個非常醒目。我們的成員肯定也對妳們的立場以及處境有一定程度的諒解。既然如此，雙方需要的是對話的時間。我認為妳們要撕破臉，等彼此談過以後也還不遲，難道不是嗎？」

真理愛低聲說了一句「請放開人家」。

她聽完橙花的想法就安分下來了，因此黑羽判斷不會有問題而放開手。

真理愛跟黑羽講起悄悄話。

「她正派到人家都無法頂嘴了耶。」

「我不就說過她是乖女生了。」

「所以人家才看她不順眼。」

「我說小桃學妹，妳受了小晴的負面影響吧……」

橙花拍了手，這是為了讓她們把心思轉向自己。

「所以呢，妳們怎麼打算？」

「「「…………」」」

三人望向彼此的臉。她們早就做出結論了。

「「「請多指教……」」」

「很好。」

橙花露出包容力正如學生會副會長風範的笑容，然後回餐廳去了。

＊

在我跟粉絲團的女生用完愉快的午餐以後，惠須川同學找我們談了一件事。

「關於這之後的行程，跟丸同學一樣隸屬於群青同盟的志田、可知、桃坂三名成員也要過來會合了。」

「「「咦～～」」」

不滿的聲音迴盪於播放著鋼琴樂曲的義大利餐廳。

「小黑果然有來啊……」

我如此嘀咕，但是沒有人吐槽這一點。

「粉絲團裡並沒有規定非團員就不能一起玩吧？」

「是這樣沒錯……」

「上午我們買了禮物，粉絲團的目標已經達成，下午還是可以跟丸同學聊天。這樣姑且該滿足了吧。還有，讓她們三個參加也有利於妳們才對。」

「在什麼部分有利呢？」

「只要跟她們建立交情，說不定會比較容易到群青同盟露臉喔。我記得群青同盟在新班底加入之際，會透過現任成員投票表決……我說得對嗎，丸同學？」

我點點頭。

「對。群青同盟的任何事都要由小黑她們三個，加上我跟哲彥五個人用無記名投票來決定，光靠其中一個人贊成是無法加入的。」

「這就表示——」

「最起碼要在女性陣容中得到一個人以上的支持，否則就——」

大家似乎都對規則有了大致的理解，不過保險起見，我決定做個補充。

「我們的女生多一個人，所以三個女生都反對就會統統被駁回。另外還有否決權，有誰強烈排斥的話就無法加入。」

「「「…………」」」

講完這些之後，會合得到允許了。

離開店家，黑羽、白草、真理愛就在外頭等著。

「妳們三個都做了喬裝啊……小白和小桃可以理解，為什麼小黑也要？」

「我一開始也以為不會有問題，可是走在街上就被人認出來了……」

「真的假的……我倒是沒有被路人搭話……」

為什麼啊？也許黑羽跟我不同，有狂熱的粉絲在。

「嗯？喬治學長呢？」

惠須川同學嘀咕。於是真理愛嫣然一笑說：

「他回家了。」

「是嗎？」

咦，喬治學長之前在嗎？話說這裡不知道發生過什麼……

當我感到狐疑時，白草湊了過來。

「……小末。」

「噢～～！小白，妳怎麼來了？今天的行程，我應該只有告訴小黑……是她約妳的嗎？」

「差、差不多。」

白草穿便服依然漂亮得勾住我的目光，視線不自覺就飄到她全身上下。

今天她的打扮就整體而言較為含蓄，但是清純白襯衫與絹絲般的黑髮形成的對比很是美麗。

「——小、小末……！」

「什、什麼事……？」

稍重的語氣讓我不由得挺直背脊，然後白草就帶著毅然的眼神嘀咕：

「不、不准你色色——你這樣『壞壞』！」

「…………」

我一瞬間沒聽懂意思，還眨了眨眼睛。

「啊啊啊……嗚嗚嗚嗚……」

白草就滿臉通紅地蹲下去。

好可愛。她原本就很可愛，不過像這種時候格外明顯。

明明平時都英氣凜然，卻因為處事笨拙與缺乏常識而出糗，那模樣觸動了我的心。

「好的，各位注意。」

惠須川同學稍微提高了音量。

「下一個行程是要玩AR解謎遊戲。我在剛才也讓中途參加的三個人補充登記了。接下來就要去集合地點，走散時記得跟我聯絡。」

「AR……？解謎……？」

白草偏頭表示不解，我便說明：

「妳在登記報名的時候，沒有看網站的內容嗎？」

「看是有看，可是不太懂意思……」

「不過，我也是第一次玩所以不太懂，玩這種遊戲好像會收到郵件之類，再按照提示的內容在澀谷到處走，並且挑戰解謎。」

「哦～～」

白草平時總會對旁人擺出威嚇的態度，然而粉絲團的女生不知道是不是看了她跟我正常交談的模樣，就開始積極找她搭話。

「啊，可知同學也是第一次玩嗎？我也是耶！」

「我之前就想找可知學姊聊天了。既然是小說家，感覺會滿擅長解這種謎題～～」

「是、是嗎？」

大概是因為她們搭話的方式很自然，白草疑惑歸疑惑，倒沒有散發出刻薄的氣息。

對對對，既然白草懂得用這種方式應對，應該不至於被數落除了峰芽衣子，沒有別的朋友。

我曉得白草處事有多笨拙，這一幕在我看來可溫馨了。

朝身旁看去，黑羽和真理愛也有被粉絲團成員搭話。

黑羽本來就有社交性，對答起來四平八穩；真理愛在社交方面也不輸黑羽，大家對身為藝人的真理愛更是興趣濃厚才對，朝她丟出的問題一個接一個。

和諧的氣氛就這樣瀰漫開來，這時候——

「好過分！竟然跟這麼多女生出來玩！你不是跟我在交往了嗎！」

「——咦？」

從背後拋來的一句話。由於實在來得太突然——

『什麼跟什麼啊，那是在對誰說的？』

當我這麼想的時候，謎樣的女生就忽然撲過來摟住了我。

「！」

柔軟的胸部觸感在我的肚子擴散開來，頭髮飄出的香味逗弄著鼻腔。

甜美的一刻——可是，我能陶醉的就只有短短一瞬間。

「「「「「「——唅～～！」」」」」」

殺氣四溢。那些可愛的女生剛才還在嬉戲微笑，如今卻散發出讓人懷疑是地獄看守的凶狠戾氣。

我立刻想辯解，但是我本身也陷入了混亂，猶豫隨之而生。

神祕女生把臉埋到我的胸膛。光是這樣就莫名其妙過了頭，使我的腦袋沒辦法運作。但她柔軟的觸感是如此美妙，思考能力從我的腦子裡被逐步剝奪。我只知道死亡正朝我逼近。誰來救救我～～

「等、等一下！」

我擠出僅剩的思考能力，急忙說了：

「誤會啊！我不認識這個女生是誰！真的！拜託相信我！」

「過分，丸同學……！原來你都在玩弄我……！」

女生在我胸前啜泣。

「啥～～～～～！欸，她在說什麼！」

「這是怎麼回事，丸哥！」

「末晴寶貝，請你說明！」

粉絲團的女生們朝我節節逼近。

但是我開始取回冷靜了。沒有錯，因為我認出了這個女生的真面目。聲音都聽了兩次，總是會認出來。仔細想想，會做出這種瘋狂舉動的熟人只有一個。

「喂，紫──」

開口的我還來不及硬把對方扒開，兩旁就有人抓住了她的肩膀。

「真是的，紫苑！妳在做什麼啊！」

「大良儀！又是妳！」

比我先察覺的是白草與惠須川同學。

她們倆想把紫苑從我身邊拉開，都使勁硬扯。紫苑卻巴在我胸前不放，甚至還跳上來用雙腿夾住我的身體。

喂，等等！女高中生不該有這種行為吧！

「紫苑！妳先離開啦！」

「我～～不～～要～～！」

「妳造成小末的困擾了啦！」

「我只是因為被他玩弄才會來抗議～～！」

粉絲團女生們的視線依舊冷漠。黑羽和真理愛就只是感到傻眼，然而在不知道紫苑有多奇特的那些女生眼中看來，情況似乎太莫名其妙，以至於無法恢復對我的信任。

「大良儀……真拿妳沒辦法。」

惠須川同學的指頭在紫苑背上滑動，然後用拇指戳肩胛骨一帶。

「哼！」

「唔噫～～！」

那大概戳中穴道了吧。紫苑痛得臉都歪了，這才總算放開我。

惠須川同學沒有錯失這個空檔。

她迅速鎖住紫苑雙臂的關節，還跟白草兩個人把紫苑帶到附近的神社。

「請大家稍等我一下。」

儘管惠須川同學這麼說，還是會讓人好奇……

因此我偷偷靠近她們，試著豎起耳朵。

「大良儀，妳在瞎鬧什麼？」

「沒有啊～我什麼都沒做耶～～」

「紫苑，妳這樣哪叫什麼都沒做，都造成小末的困擾了。」

「既然是給那隻臭蟲造成困擾，那就無所謂了嘛～～」

「嗯，原來大良儀把丸同學視為眼中釘嗎？理由是什麼？」

「紫苑被我爸爸收養，實際上就像我的妹妹一樣。」

「白白！我是姊姊啦！」

「是是是，沒錯……因此就如妳所看到的，只要碰到跟我有關的事，有時候她就會出現脫序的行為……」

「啊，原來如此。我就覺得大良儀惹事的時候，大多跟妳有關，原來當中有這層因素。大良儀，為什麼妳之前都沒有告訴我？」

「我的行為跟白白沒任何關係！像我這種天才是不會透露口風的！哼哼，這次我又贏了！」

白草嘆息，並且對惠須川同學問道：

「副會長，妳為什麼會認識紫苑呢？即使說她惹事，應該也沒有嚴重到需要學生會出面的地步……」

「我去年和今年都跟大良儀同班，尤其是去年擔任班級股長，我都要負責盯著她。」

「……原來如此。」

「都要怪那隻鈍牛還有靠近白白的那些女生！白白以前受過那麼多傷，現在因為她成名了，那些女生就嘻皮笑臉地想過來靠攏，我才不會允許！」

白草交抱雙臂，又嘆了一口氣。

「因為她這些舉動都是在替我著想，能不能請妳網開一面？」

「也是，我曉得她沒有惡意了。關於丸同學的部分倒是不好說。」

「哼！花心男最好死翹翹！」

「真受不了妳……」

一直牢牢抓著紫苑的惠須川同學反扣住她的手臂。

「痛痛痛痛！」

這算是惠須川同學給紫苑的懲罰吧。她應該是覺得不給點教訓就收拾不了整件事。

挨了疼以後，紫苑才總算安分下來。

「各位，狀況就是這麼回事。大良儀只是擅自跑來胡鬧，丸同學是無辜的。」

從神社後頭出來的惠須川同學好好做了解釋，粉絲團的女生們才終於放心。她們還跟我道了歉，後悔剛才懷疑我，我只好跟每個來道歉的女生表示自己不介意。

「紫苑，這裡有大家陪著，妳回去吧。」

「我不要！誰教白白要拋下我，還自己玩得那麼開心！」

啊～～追根究柢，這就是她不滿的原因嗎？

紫苑的毛病還是一樣，自以為把真心話藏得很好，結果都洩露出來了。實在是讓人遺憾……

「……沒辦法嘍。只要妳保證不會妨礙大家，也不會欺負小末，我就願意拜託她們讓妳加入喔。」

「我明白了，我不會妨礙大家……」

「關於小末的部分呢？」

「……………………………嘖！」

「聽話。妳不可以這樣。好了，妳的回答呢？不答應我就留妳在這裡嘍？」

「……唔唔！我、我明白了……我會遵守白白的要求……」

「妳毀約的話，我會叫計程車強制把妳載回去。要記得喔。」

「我明白了……」

白草面對紫苑就有姊姊的架勢耶。雖然紫苑堅持不肯承認就是了。

惠須川同學用訝異的眼光看著她們倆。

這也難怪。惠須川同學以往應該吃了不少苦頭，畢竟紫苑只有在白草面前才會乖乖聽話。

「來吧，大良儀，我教妳怎麼登記報名。」

「哼，對我這種天才來說，這算小事一件！」

惠須川同學和紫苑，這個組合完全像監護者與小孩。我猜她們在教室就是這樣的關係吧。

就這樣，紫苑有惠須川同學以及白草負責應付，我們一行人來到了AR解謎遊戲的集合地點

——這倒是沒有問題。

「你怎麼會在這裡，哲彥？」

意料外的相遇。

哲彥帶著好幾個女生，怎麼看都是在約會。

這會不會是設好的什麼局？一瞬間我曾如此提防，但是從哲彥驚訝的模樣看來似乎是巧合。

「這是我要說的台詞吧，末晴。啊，你也在團體約會嗎？」

「這不叫約會，我是在跟粉絲團成員聚會。」

「一、二、三……九個人啊。哼！我贏你嘍，我這邊有十個人。」

「你別講那種話啦，給人的感覺並不好吧。」

「除了喜歡我的女生，我都不在乎。」

我垂下肩膀。光是他剛才那些發言，就已經讓背後那些粉絲團的女生殺氣騰騰。

哲彥愛拈花惹草是出了名的，我們學校有很多女生討厭他。目睹哲彥像這樣玩女人的現場，還聽他說出用彼此帶的女生人數來分輸贏的台詞，怪不得她們會壞了心情。

「哇～～是丸同學耶！好棒喔～～！末哲搭檔到齊了！」

「真的耶！不會吧！啊，我可不可以拍照？」

哲彥帶的那些女生注意到我，就開始嚷嚷。

很像哲彥會帶在身邊的女生，打扮大多花枝招展。因為盡是些我沒見過的女生，恐怕是別校的學生吧。

不過她們為什麼會認識我？難道有很多女生是透過群青頻道對哲彥有了興趣？哎，這樣的話，我可以理解她們這種反應。

「欸欸欸，可以拍吧，丸同學？」

「啊，我要站中間，妳們幫我拍照！」

該怎麼說呢，不愧是哲彥帶的女生，每個人都有點輕浮耶。相對地，她們的積極度很誇張。

「喂，甲斐！她們是你帶的人，想想辦法！別來干擾我們粉絲團的聚會！」

惠須川同學下了通牒。

望向背後，我發現粉絲團的那些女生蹙起了眉頭。熟識哲彥的黑羽、白草、真理愛好像也對哲彥帶的那幾個女生感到不悅，心情明顯焦躁起來。

「啊～～樫村同學！妳怎麼在這裡！」

我的粉絲團成員用手指了哲彥帶來的其中一個女生。

「誰啊？」

「我們學校的女生！二年D班！」

嗯？哲彥帶著我們學校的女生……？照理說……他在我們學校已經被全體女生列為拒絕往來戶了啊……

不過之前仍然有女生將情報傳給哲彥，這是我聽哲彥自己提到的。我不曉得她是否就是那個女生，然而從女生的觀點來看，應該可以說她是「偷偷背叛大家，跟哲彥親近」吧。

「什麼嘛！之前妳明明還說甲斐同學很差勁！騙子！」

「那是因為……」

唔哇，這下狀況不妙了……原本女生就多到沒辦法收拾，再塞火種進去就壓也壓不住了。何況我不認為這是稍微調停一下就能平息的事。有沒有好方法可以化解啊……

當我這麼心想時，哲彥帶的那些女生開始插嘴了。

「啥？有什麼關係，戀愛是自由的啊。這女的自以為多了不起？憑什麼擺架子說那種話？」

「肯定是心裡很在意阿哲，卻又配合身旁女生都不敢吭聲的那一型吧？」

「好噁！連長相都很噁！」

「啥～～～～！」

啊～～是的。糟糕了。大事不妙。非常不妙。我已經想回家了。

唔唔！肚子好痛……可是，我不能逃避……

不過這該怎麼辦啊……

我跟哲彥帶來的女生已經完全陷入險惡的氣氛……而且到處都有怒火點燃……

「人家難得跟末晴哥哥玩得正開心……」

連真理愛都快要發飆了。

「能不能找一輛卡車撞過來呢……」

白草還講出令人心驚的話。

「欸欸欸，小晴，要不要跟我一起偷溜？」

黑羽則若無其事地向我提出吸引人的主意。

「我是希望可以啦，不過那麼做的話，之後我就死定了啊～～～～！」

當我感到頭大時，白草和真理愛就趕緊湊過來。

「志田同學？敢問妳是想使什麼詐？」

「妳真的讓人鬆懈不得耶，黑羽學姊。」

「妳們在說什麼？我只是為了幫助小晴才提議的耶。」

「難不成妳以為用那種理由就能裝蒜到底？」

「既然如此，就算跟人家一起溜也可以吧？末晴哥哥，你就跟人家走吧。」

「妳怎麼擅自牽小末的手？要一起溜的話，應該選我吧！小末！」

「選人家才對啦！」

「選我！」

風林火山當中有一段叫「侵略如火」，目前正是那樣的情境。爭執的火種在轉眼之間將黑羽她們的心燃燒殆盡，形成了一片大火。而且粉絲團女生跟哲彥那夥人的口角也進一步延燒成更嚴重的事態了。

「妳這騙子！我要妳為之前說的謊話道歉！」

「之前妳還不是嫌丸同學土氣？那又算什麼？粉絲團？妳這樣才土氣吧？」

「我說妳喔～～！」

「哼，花心男這下慘了！活該！」

「啊～～～～～～為什麼會弄成這樣～～！」

現場完全變得一片混沌。我已經不知道該從什麼地方開始挽救了。

看向旁邊，照理說唯一能跟我同調的哲彥卻樂得輕鬆，閒得從口袋裡拿出棒棒糖舔了起來。

「欸，哲彥，想想辦法！」

「你覺得這有辦法解決嗎？」

「……不覺得。」

「是吧？總之，要度過這種關頭的訣竅就是留在不遠處守候。溜掉可就慘嘍，她們都會追上來。」

「你怎麼還有心情分享經驗談？這嚇到我了耶！」

怎麼辦？該阻止她們嗎？阻止得了嗎？我要說什麼才好？搞不好會讓狀況惡化耶。假如下跪就能讓事情收場，我倒不會排斥那麼做，可是在目前這種狀況下跪肯定沒有意義！

「啊啊啊啊啊啊！到底該怎麼辦啦～～～～！」

「——蠢貨！」

一道好似要劃破空氣的凜然嗓音。

在交相指責怒罵而陷入泥濘的現場，這道嗓音聽起來清澄寧定。所有人都不禁忘記憤怒，並將視線投向嗓音的主人——惠須川同學。

「首先，各位都要冷靜。」

彷彿在安撫眾人暴躁情緒的溫和語氣。

「甲斐，麻煩領著你帶來的所有人離遠一點。她們跟我們實在處不來。」

「……哎，有道理。」

哲彥叼著棒棒糖，搔了搔頭開始叫那些女生集合。

「不好意思，我代自己的同伴向妳們道歉。」

惠須川同學向哲彥帶的女生問候了一聲。

對方的臉色看起來都不領情，但是有個女生說：「又不是妳的錯。」光是這樣，感覺雙方疙瘩就化解了不少。

另外，惠須川同學也找哲彥那群人當中被指為「騙子」的女生講話。

她的特殊處境是「之前說過哲彥壞話，但是那並非真心的，還偷偷跟哲彥約會」。而且她是我們學校的學生，因此惠須川同學認為需要個別替她打圓場吧。

「說謊並不是好事，但是沒有人不會說謊。妳先在這裡為自己說謊的行為道歉，等明天撥一天時間思考自己的所作所為如何？然後，下星期再跟對方談談看吧？我想到時候彼此腦袋應該都冷靜下來了。假如想在學校找地方單獨談話，妳可以來學生會，我會提供場地。」

厲害……真虧她能在這種渾沌的狀況下做出如此穩當的判斷……

如果我也一直用全力思考要怎麼處理才好，或許遲早可以得到跟惠須川同學一樣的意見。

但至少我在現場並沒有想出辦法。這是一大差距。所有人吵完架分開以後，相同的處理方式大概就無法因應了。

被指為騙子的那個女生聽了惠須川同學的建議，便向對方開口道歉。

於是脫口罵她騙子的女生也表示自己「說得太過火了」，還微微低下頭。

在現場能做到這樣就夠了吧。

假如沒有這麼做，兩個女生都會留下尷尬的情緒，拖到明天星期日肯定就難受了。既然彼此有實際道過歉，下星期就可以冷靜地進行對話才是。

「還有志田、可知、桃坂……叫妳們三個好好相處大概也沒用，至少該認清時間跟場合。」

「「「唔——！」」」

惠須川同學有理有據，她們三個也就無話可說了。

「難得有這個機會，妳們跟粉絲團的成員多聊聊吧。雖然不知道彼此會變成朋友或吵架的對象，總比固定跟相同幾個人鬥嘴來得好。」

從頭到尾都合情合理。

哲彥把那些女生帶走以後，騷動就完全平息了。

多虧如此，我們得以順利玩到解謎遊戲，度過了一段快樂的時光。

這明顯都是拜惠須川同學所賜。

＊

太陽即將下山。

今天玩了一整天，跟粉絲團的女生也有交流了。十分滿足的一天。

現在所有人正前往澀谷車站，預定會在那裡解散。

「唔唔，我玩得還滿開心的……」

「她們比我想像的還善良，傷腦筋……」

「人家居然交到了玲菜同學以外的朋友……」

待在前方的黑羽、白草、真理愛說的都是好事，情緒卻變得低落。

朝後頭一看，惠須川同學正在最後面顧著所有人，我便放慢腳步走在她旁邊。

「真的謝謝妳，惠須川同學。」

「怎麼突然說這些，丸同學？」

「不是啦，我覺得沒有妳在的話，狀況就慘了。」

「我是為了帶領大家才當團長，請你不用介意。」

跟惠須川同學相處了一天，與其說她不近人情，不如說她是個在應對上相當客氣的女生，讓我覺得彼此並沒有混熟。

所以我想跟她聊得深入點。

「可是，這樣我會過意不去。明明妳不感興趣，還要妳當粉絲團的團長，陪著我們一整天。連出來玩的費用都是妳自己出的。」

「沒那回事喔。我對你有興趣。」

「咦，是喔？」

「屬於一般人的好奇就是了。更何況，我本來就不太會跟著團體出去玩，所以今天一整天都覺得相當新鮮有趣。」

「呃，跟這麼大陣仗的人一起出來玩，我也是第一次啦。」

我＋惠須川同學＋粉絲團四名成員……明明剛開始合計六個人，加上黑羽、白草、真理愛她們三個，最後連紫苑都跑來，結果就變成十個人了。太多啦。

不過，我現在才知道，原來她玩得很開心。

這固然是件好事——我還是覺得惠須川同學有點拘謹。

「惠須川同學，妳跟朋友出門玩也是這種調調嗎？」

「你說的這種調調是指？」

「不知道該說是規矩有禮貌，還是正氣十足。惠須川同學，我不太能理解妳的真正心思。」

「即使你這麼說……我出門玩的時候都是這樣啊。」

「妳是跟誰出門玩？」

「用學生會長這個稱呼，你是不是會比較好懂？」

「啊，那個像辣妹的學生會長。妳們在學生會以外的地方也很要好？」

「不可思議的是，這一點常常讓人感到訝異。」

偶爾會有這種情況。看起來明顯完全相反的人，彼此卻合得來。在學生會選舉時，我也以為正副會長是不對盤的搭檔，意外的是她們連在私生活都很要好。

「哦～～那麼，我覺得妳好擅長領導大家，這也是從以前就有的特質嗎？」

「誰知道呢……」

「還是妳國中時也有參加學生會？」

「不，國中時我都在練劍道，社團以外的活動只有最低限度地參與。」

「對耶，妳就像劍道少女。應該說有和風的氣質，又英氣凜然，超適合練武術的。妳實力很強吧？」

「很可惜，我沒有多大本事。」

「剛才我聽別的女生說，我們學校的劍道社每次都是第一回合就敗退，妳在當中卻是唯一有實力打進縣大賽的人耶。」

「並沒有到全國水準，還有得練。」

感覺惠須川同學對自己很嚴格，說起來就像求道者一樣。我想正是這種特質建立了她的人望，營造出即使由她領頭也不會引人非議的氣氛。

「我倒覺得夠厲害了啊～～」

「真正厲害的人，水準是不一樣的。」

這種說法讓我有點掛心。

「該不會妳身邊有那樣的人？」

「！」

惠須川同學的長長低馬尾晃了一晃。

看來被我說中了。

「……丸同學，看不出來你的直覺這麼靈。是來自演藝界的經驗嗎？」

「看不出來這四個字是多餘的吧？」

「也是。」

惠須川同學嘻嘻笑了笑。

我覺得那比她平時沉著冷靜的表情有魅力多了。

「厲害的是大我三歲的哥哥。我會開始學劍道也是受哥哥影響，不過他從以前就文武兼備，我沒有任何一項比得過他。無論讀國中或高中時，哥哥的劍道都有打進全國前四強，就學也考到偏差值比我們學校高的地方，輕輕鬆鬆在日本第一的國立大學上榜，現在已經是大學生了。」

「唔哇，太扯了吧……」

偶爾就是會有這種優秀得異常的人。他們基本上頭腦都很好，記憶力也強，思考能力更是傑出，所以學東西就快，做任何事都高人一等。以我身邊的人來說，真理愛就屬於這種類型。

「我是在第一志願落榜才考進我們學校的，當初入學時，跟哥哥有了明顯差距讓我失去了大半的動力。當我渾渾噩噩時，就遇見了現在的學生會長，使我覺得為了學校或身邊的人服務或許也不錯……乃至此刻。」

每個人都有自己的心路歷程。我明明覺得自己第一次看到這麼有為的女生，她本人卻懷有自卑感，真是耐人尋味。

「惠須川同學，或許妳因為自己的哥哥而有自卑感，不過在我看來，妳可是夠強了耶。」

「你說我嗎？」

「沒錯。妳哥強得離譜，可是妳也相當有作為，當領袖又能替大家著想，人好到簡直讓我吃驚的地步。」

「哪裡。這並沒有什麼大不了的。」

惠須川同學露出苦笑。

「不過，我覺得最厲害的是身邊有那麼強的人，讓妳受到了挫折，妳卻還能爬起來努力。」

「………」

惠須川同學睜大了眼睛，隨後她就用帶有熱情的眼神看著我。那模樣像是在央求我繼續把話說下去。

「我呢，在以前有過心灰意冷的經驗。我給周圍添了困擾，還花了好幾年才振作。可是，妳不到一年就重新站起來了，在這段期間也都有好好努力，如今還當上副會長了吧。像妳這樣的態度，或者該說是心態，其堅強的程度在身為凡人的我看來都會希望能效法。」

惠須川同學露出了彷彿打從心裡感到驚訝的表情說：

「沒想到會聽到你說出這種話。」

「咦，我說這些很奇怪嗎？」

「有許多地方可以吐槽，不過你自稱凡人讓我感到訝異。」

「會嗎？」

「當然會吧。你可是被譽為國民童星耶，復出後都沒有上電視卻依然轟動社會喔。你說我哥哥很離譜，但是他再怎麼文武兼備，全國仍有好幾個人跟他同等級。但你是獨一無二的吧？能像你這麼活躍的男生只有你而已。」

「妳說的獨一無二，跟世間人人皆獨特的論調並沒有兩樣啊。我最清楚自己並不是什麼大不了的人啦。」

「……是嗎？原來如此，你抱持的觀念是那樣啊。」

「麻煩妳別自顧自地認同好嗎？我不懂那是什麼意思耶。」

「沒有，我這才不是什麼大不了的感想。所以我覺得——」

話說到這裡，惠須川同學突然停下腳步。

「妳怎麼了嗎？」

「……不，沒事。」

「但是妳的話才說到一半吧？」

「…………」

不知為何，惠須川同學有一瞬間將目光移向遠方。

當我回神時，她已經變回平時的瀟灑表情，還用柔和的語氣說道：

「所以我覺得你很了不起。就這樣而已。」

「是、是喔。謝謝。」

被人當面誇獎果然會不好意思……

「不過呢，麻煩你少惹事。畢竟下次未必能平安收場。」

「希望妳也跟我以外的成員講這些，比如像哲彥還有紫苑。」

「很遺憾，我平時早就在提醒他們了。」

我覺得有些事還是要兩個人單獨細談才會發現。

學生會副會長這個頭銜曾讓我有點怕惠須川同學，可是聊過以後，我發現她很有常識又和善，是個有守有為的女孩子。

雖然局面曾相當混沌，以結果而言，今天真是愉快的一天……

我這麼心想，在染上夕色的澀谷車站前跟大家解散。

*

之後過了兩天——

新的一週來到，在週一始終提不起勁的我就跟往常一樣，正在教室裡茫然地跟哲彥一起吃午餐。

就在這時候。

「我們是來找人輸贏的啦～～～～！」

粗野的吆喝聲迴盪開來，同時有一大群男同學突然湧進教室。

「喂喂喂喂……」

「搞什麼搞什麼！」

當教室鬧成一片時，那些男同學的人數又逐漸增加，多到總共二十名的大陣仗。

而且，他們的目標似乎是我。

「——丸末晴！」

仔細看去，那些男同學分成兩群。

其中一群人是由小熊領頭，也就是剛才大呼小叫的主事者。

旁邊則有那波帶著另一群人。

「你、你們是怎樣……」

有這麼大群人找上門來，壓迫感實在驚人，而且悶熱。

小熊先是狠狠地瞪我，然後從屁股口袋裡拿出一張摺過的紙。

紙上寫著「決鬥書」。

「我們志田黑羽粉絲團，通稱『不要同盟』向你提出決鬥的要求！」

「啥～～～～～～～～～！」

「呵……我們可知白草粉絲團……通稱『絕滅會』……也一樣要求跟你決鬥……你可要做出覺悟，丸末晴……」

「慢著慢著，等一下。我說真的，慢著慢著慢著。我聽不懂你們是什麼意思啦！」

當我感到混亂時，小熊和那波似乎又拿了另一張紙給哲彥。

「甲斐，這是承諾書，你拿去確認。」

……又跟哲彥有關係嗎？

我繞到哲彥後面，看了看他們所謂的承諾書。

看來承諾書的含意就如字面所示，上頭寫著同意攝影、同意在群青頻道將影片公開等約定事項。

「嗯……？」

尤其讓我好奇的是最後，有一欄寫著「要求」。正常來想，承諾書上頭不可能會有這一欄。

「什麼啊？要求？叫丸末晴加入『不要同盟』？」

哲彥無視我，並且發出嘀咕。

「那好吧……群青同盟這邊的要求，就是你們要成為群青同盟的旗下組織，如何？需要人手會找你們過來幫忙。假如違抗我們就強制解散，怎麼樣？」

「我們可沒有要當奴隸的意思！」

小熊背後的「不要同盟」成員發出了粗野的嚷嚷聲。

「我並不打算提出強人所難的要求喔。群青同盟開出來的要求到底是針對『不要同盟』，換句話說，你們在最糟的情況下只要退出『不要同盟』，就算我提出再怎麼無理的要求，你們也不必聽從。不過，我會拿捏找你們做牛做馬的程度，以免讓事情搞成那樣就是了。」

「唔！即使我們出賣身體，也不會出賣心靈！」

「對你們來說，既然可以多接近志田一點，我倒覺得不是多壞的條件。」

小熊看了看背後那些「不要同盟」成員的表情……然後點了頭。

「……我明白了。就用這個條件來比賽。」

「說定嘍。」

哲彥和小熊互相握了手。

「呵……我們也比照辦理就行吧。」

「ＯＫ。」

提出相同條件的那波和哲彥握手表示達成協議。

事情就在我發呆的期間談完了。

「喂……喂，哲彥！」

「幹嘛啦，末晴？別重複叫我兩次。」

「我說，你剛才在搞什麼？」

「跟他們交換承諾書啊。」

「這我看了就曉得啦！你們為什麼需要搞這些？還有，這是群青頻道的企畫嗎？」

哲彥看似無奈地搖搖頭。

「在星期五舉辦的會議就敲定了吧？群青頻道要辦比賽類的活動來當新系列企畫。不是難得全體一致通過嗎？」

「這我倒是記得。」

「說好詳細規則先由我試著擬定，對吧？」

「……對啦，確實是這樣。」

「既然要辦比賽，就必須徵求比賽對手在影片出現的許可吧？」

「是啊。」

「要比賽，不賭些什麼就無法炒熱氣氛吧？」

「這我也可以理解。然後呢，我不明白的是條件怎麼會定成要我加入小黑的粉絲團啊？」

哲彥好似不以為意地說：

「因為打賭要雙方互相提出要求才能成立啊。比賽對手開的條件就只有叫你加入不要同盟而已，求的大概是一舉兩得吧？我有說錯嗎？」

哲彥讓對方接話，小熊便搔起短短的頭髮。

「正是如此。起初我們打算讓志田同學認同『不要同盟』的存在，可是丸加入的話會有更多好處。丸入會以後就是我們的卒子，跟志田同學交涉時帶著丸一起去，應該能要到比公然認同同盟更好的條件！比如在黑市交易以前的照片，或是偷拍……光想像就讓人受不了！而且不爽的時候也可以當成他違反同盟規定，私底下給予制裁！」

「有一手，你們滿會想的嘛。」

「對吧？」

哲彥賊賊笑了笑，小熊則是搓了搓鼻頭。雙方的互動好似體現了「寫作強敵，稱為朋友」的精神。

「想個大頭啦～～！你們這兩個混蛋～～～～！」

我吼了出來，哲彥和小熊卻完全無視我，繼續說下去。

「那麼，先來決定我們跟『不要同盟』的比賽項目……」

面對哲彥的嘀咕，小熊使勁在手臂上擠出肌肉回應：

「——我們就比棒球！」

第三章 無仁義之戰與不值一提的戀情

＊

放學之後，我換上了體育課用的運動鞋來到操場。原本我還猶豫要不要換體育服，不過我嫌那樣麻煩就作罷了。

「為什麼……會弄成這樣……」

我感到一陣茫然。

「真的莫名其妙耶。為什麼突然要我打棒球？」

「大大，這肯定是你身上的業障喲。」

掌鏡的玲菜站到我旁邊。

據說這場比賽預定會在群青頻道上公開，所以玲菜自然要來當攝影師待命。

事情到這裡是可以理解……

「咦，怎樣？妳說的業障是啥意思？」

「就是大大做壞事要受的報應喲。」

「不對，我懂業障的意思啦，妳說我做壞事是什麼意思？」

玲菜帶著彷彿打從心裡瞧不起人的表情望向我。

「咦，大大真的不懂嗎？千真萬確？要不要去醫院？」

「總之我覺得很不爽，先來擰妳的臉好了。」

「這無論怎麼看就是壞事啊～～！」

這是在管教學妹，管教學妹是我身為學長的義務兼仁慈！所以不算壞事！

我立刻就放開玲菜，但這似乎激起了她的戒心。玲菜跟我之間的距離比剛才多了兩步。

「…………」

我對這樣的距離感到介意，就朝她靠近了兩步。於是她又逃開兩步。

「為什麼要逃？」

「我希望大大可以捫心自問。」

我把手湊到胸前思索。

「不懂耶。我是清白的。」

「唉～～」

我朝著發出莫大嘆息聲的囂張學妹逼近，囂張學妹就一面保持警覺一面節節後退。

「我說大大，你認識阿部學長吧？」

「……呃，算是認識啦。」

「大大，你欣賞阿部學長嗎？還是對他不爽？」

「與其說對阿部不爽，他長得帥、頭腦棒、個性也好，更重要的是他超受女生歡迎吧？我嫉妒到都要瘋了啦，白痴～～！」

「怎樣啦，玲菜？」

玲菜隨即把手機舉到我面前。她大概是用了有鏡子功能的APP，手機上映著我的臉。

「長相稱不上特別帥，頭腦在我們學校沒有很好，個性則要看對方偏好。說起來就有這樣的一個人在，但是這個人有一項專長，因此他受歡迎到可以組成粉絲團喲。大家對他會怎麼想？」

「哎，只能幹掉他了吧。」

「就是說啊。」

「我都快被人幹掉了，妳別隨口贊同『就是說啊』好不好？」

「大大不要再加深自己的罪過了啦～～！」

我動手擰玲菜的臉頰，她就掙扎著捶了我的肚子。

真是不受教的學妹！要好好教訓！

當我們一如往常地像這樣互動時，棒球社的成員到齊了。

棒球社並非所有人都是「不要同盟」的成員，然而有小熊帶頭，還擴展了同好間的交流，

「不要同盟」當中好像是以棒球社的人居多。

因此，今天放學後我們似乎可以任意使用操場。我有想過：在社團裡當顧問的老師人呢？然而，我們學校的棒球隊每年都在地區預賽第一回合就打輸，據說顧問對球隊完全沒熱忱，所以不要緊。

順帶一提，哲彥目前正在跟小熊協調比賽方式的細節。即使對方說：「來比棒球！」群青同盟的正式成員就五個人，以正常規則來講必須再找四個人才能開打。

哦，哲彥討論完回到這邊了。

「規則敲定嘍。採二對二比賽。」

「打棒球二對二？那是要怎麼打？」

「守備方由投手與捕手一組，攻擊方則要決定上場打擊的順序，第二棒打完以後就換回第一棒上場。」

「原來如此。守備沒有內野和外野可以嗎？」

「就靠打中飛出去的球判斷嘍。裁判是找惠須川來擔任，公平性應該有保障。」

望向操場，不知不覺間惠須川同學已經在那裡了。她帶著一副略顯傻眼的表情，還跟棒球社成員在講話。

「所以也沒有跑者，有安打就固定推進一壘。採三振制度打五局，有延長賽。」

「哎，比賽拖得更久的話，我的肩膀也撐不住……」

棒球社或許沒問題，但我們這邊屬於外行人。

「還有，投捕手可以中途替換。嗯～～規則大致就這樣。啊，群青同盟這邊的參加者當然就只有我跟你。」

「哲彥，基本上，我們面對棒球社有沒有勝──」

「噢噢噢噢噢噢噢噢噢噢噢──！」

陽剛的男人歡呼聲突然出現，讓我嚇得回過頭。

「！」

在那裡有黑羽、白草、真理愛三個人穿著啦啦隊服的身影。

黑羽一臉不高興的表情。

白草大概是害羞，就滿臉通紅地低著頭。

只有真理愛跟平常一樣，從容地以笑容面對眾人。

白草頭低低地快步趕來我們這邊，並且激動地說：

「甲斐同學！這是怎麼回事！我聽說這是加油用的服裝才換的，可是裙子未免太短了！」

嗯，的確。三個人的裙襬都非常短，大約在膝上二十公分處，相當勇於挑戰。

三個人像這樣站在一塊，白草就格外醒目。雖然她們各有一雙美腿，但這是白草的個子比黑羽及真理愛都高，又有模特兒般的體型所致。

哲彥眉頭動都不動地回答：

「比棒球對我們不利，有必要讓對手鬆懈。這就是為此準備的服裝。」

「就算你這麼說，這實在——」

秋風柔柔吹過。

裙襬差點隨之飄起——白草急忙按住。

「我、我不會原諒你……居然讓我做這麼色的打扮……」

白草好像滿肚子火，臉已經全紅的她氣得發抖。

「反正即使被人看見，那也只是襯褲吧？看了又不會少一塊肉。」

「有損我的尊嚴啊！」

「這是以群青同盟名義進行的比賽，妳卻寧可毫無貢獻，這樣說得過去嗎？輸掉的話，末晴就要加入志田的粉絲團嘍。假如妳希望盡一份力，還不如用這種裝扮巧妙擾亂對手的集中力。」

「唔！你果然很討厭……」

白草用銳利的目光威嚇，卻因為打扮跟平時不同，完全嚇阻不了。即使被她瞪著，感覺也像

遭囚禁的姬騎士在抵抗，那種舉動加深了色情度，換句話說只能稱作對男性的獎勵。感激不盡。

「哲彥，你什麼時候找來這種服裝的？」

我帶著認真的表情問道。

「我心想跟社團那些人比賽會用到，週五群青同盟企畫通過後，就立刻叫玲菜去張羅了。」

「所以裙襬這麼短就是玲菜安排的嘍？」

「款式我挑的，不過裙子長度就是阿哲學長指定的嘍。」

我佩服似的用手拍了額頭。

「受不了你耶，哲彥……你這傢伙……簡直是天才……」

「說什麼啊，呆瓜晴。之前也跟你講過吧，我自己曉得啦。」

「哼，真敢說。」

「誰教這是事實。」

我們對彼此露出奸笑，然後熱情地握了手。

「你們兩個男生在吹捧個什麼勁啊————！」

大聲駁斥我們這種友情的人，當然是黑羽。

「我告訴你，哲彥同學！我也想針對這套衣服生氣，但是說起來和棒球社比棒球根本不可能打贏嘛！你想辦那種有勇無謀的比賽讓小晴加入我的粉絲團？這會不會太過分了！」

「嗯？對喔，這麼說來我沒有讓你們好好看過承諾書。群青同盟的全體成員，過來集合。」

哲彥從口袋裡拿出承諾書攤開，成員們圍著他探頭看向字面上的內容。

對內容不太感興趣的我保持一步之遙觀望狀況，然而因為大家身子都往前傾，裙子真的只差一點就走光，尤其是白草。但是大家都專注在承諾書上，沒有發現。

我在內心雙手合十，並且默禱表示感激。

「嗯～～……啊，要以雙方各自決定的項目來決定輸贏耶。」

「對，只是『不要同盟』提出了棒球當比賽項目而已。即使打輸，我們只要在自己提出的項目獲勝就可以將戰績拉回一勝一敗平手。平手時雙方的要求都沒辦法實現，比賽視為無效。」

「哲彥學長，那群青同盟預計要提出什麼樣的比賽項目呢？」

真理愛的問題讓哲彥交抱雙臂思索。

「派末晴跟他們比『模仿大賽』，或者讓女成員跟他們比『唱歌大賽』、『時尚大賽』就能輕鬆獲勝吧。由我出馬比一場『搭訕大賽』也是可以喔。」

「比那些……應該是贏定了。」

「對啊，人家覺得沒有會輸的要素。」

「那比賽本身就沒有意義了嘛。我們又不可能靠棒球贏過對方。」

哲彥嗤之以鼻。

「志田還是想得太天真了。『我們哪有必要贏呢』？」

「咦？」

在場所有人都不由得瞪大眼睛以後，小熊就過來搭話了。

「接下來會撥十五分鐘進行練習。先說好，受傷棄權的話算你們輸！」

話說完，他就把球、手套還有球棒遞過來。

我上次玩棒球大概是國中時的事。最好趁現在多接觸一點。

如此心想的我迅速戴上手套，開始跟哲彥練習傳接球。

「喂，哲彥，你應該有計策吧？」

「廢話。你過來一下。」

我們聚在一塊，談起了機密。

「首先要……………吧。如此一來，就可以……………」

「啊～～對啦，會變成那樣沒錯……」

操場上的人開始變多，我們相當受注目。不過哲彥用手套遮住嘴，對話的內容應該不至於外洩。

「哲×末的橋段來了耶～～～！」

嗯～～我的粉絲團女生在嚷嚷……之後要叮嚀她們別這樣。

「…………就這樣嘍。你聽懂了嗎？」

「懂是懂，真的要這樣做？」

「坦白講，這些傢伙夠煩的吧？你抓準機會痛快贏一場，還可以遏止他們騷擾志田的行為。末晴，你不想為志田出一份力嗎？」

「哎，確實是這樣……」

正如黑羽立刻回絕的態度，她認為粉絲團本身沒必要存在。何止如此，她還感到困擾。

這樣的話——就不得已嘍。

為了對我多有照顧的黑羽著想，即使會伴隨些許疼痛，還是非拚不可。

「……我懂了。拚吧。」

「ＯＫ。」

我們停止傳接球，開始做實戰練習。

哲彥當投手，我是捕手。

我用蹲踞的姿勢舉起捕手手套，哲彥使勁投球。這套動作重複過幾次後，對方就喊了我們。

「練習時間結束！要開始比賽嘍！」

比賽就此開始。

猜拳結果是由棒球社先攻。

站上打擊區的是棒球社主將，「不要同盟」的帶頭者小熊。

「小熊上上上！小熊打打打！」

正因為「不要同盟」的成員多屬棒球社員，加油的音量大而有勁。

「小晴～～！要好好表現喔～～！」

「小末！加油！」

「末晴哥哥！奮鬥！」

不過以養眼度而言是我們這邊壓倒性占上風。

打扮成啦啦隊的黑羽、白草、真理愛在旁邊聲援，吸引力足以讓過來看熱鬧的那些男同學目不轉睛。

「末晴寶貝加油～～！」

「呀啊～～好帥喔～～！」

我的粉絲團也聲援得相當賣力。倒不如說，或許是距離遠得可以冷靜聽她們加油的關係，我覺得滿難為情的。真的是事到如今我才頭一次自覺「原來我之前得意忘形到這麼誇張的地步」。

「哼，姓丸的，你可真是享受。」

小熊散發出殺氣，並且揮了揮空棒。

「要說的話，甲斐他有那張臉，口才也夠好，所以從以前就很受注目。但是你除了剛好跟志田同學是青梅竹馬，原本應該跟我們屬於同一邊吧？結果你不過是出了點風頭就紅了……雖然我認為你的成就很了不起啦，即使如此，我們還是不太服氣。」

我能理解小熊說的意思。

原本跟自己待在同一邊的人不知不覺就大獲成功了。有時候即使腦子能夠理解，內心也無法認同對方。

我也有經驗。當我形同退隱而對社會懷怨在心時，看到真理愛事業有成，就冒出了類似的情緒。明明我很慶幸身邊的人有所活躍，無論如何還是會覺得懊惱。

「我們這些人呢，只要志田同學能幸福就夠了。我們也沒有期望志田同學對粉絲團回饋些什麼，光是志田同學能一直笑著，我們就很幸福了。可是你這傢伙——」

小熊用力握緊了球棒。

「能當志田同學的青梅竹馬還不滿足，又跟『美女高中生芥見賞作家』兼『學園的高嶺之花』可知同學打情罵俏……！連被封為『理想妹妹』的桃坂學妹都把你當成哥哥搞曖昧……！身為『最強青梅竹馬』的志田同學當然也會跟你秀恩愛，而且她們三個都搶著要跟你交往……！啊啊啊，我不能容許！只有教訓你才能出這口氣！」

「剛開始我差點感動了一下，但你說到最後都把心聲洩露得差不多啦。」

「光是志田同學能一直笑著，我們就很幸福了」這一段曾經讓我覺得他是個好傢伙，結果只是在嫉妒嘛！

「你們也都這樣覺得吧！」

小熊鼓動眾人，「不要同盟」的那些人就嘶聲大喊：「沒錯沒錯！」「教訓他！」

我勾了勾食指挑釁，示意要對方放馬過來。

「辦得到的話就試試看啊。」

「你這傢伙……！」

小熊咬牙切齒地站到打擊區。

「好，來吧！」

「PLAY BALL！」

比賽在惠須川同學的口令下開始了。

加油的聲音從周圍落下。

投手是哲彥。他把防滑粉袋扔在腳邊，然後振臂高舉手套。

哲彥的運動神經相當好，他剛才練習就投出了讓棒球社為之瞠目的快速球。

我也沒什麼不擅長的運動，但是比不上哲彥。一起運動的話，我要傾注全副心力才能跟上他的步調。

而哲彥投出了——他的第一球！

球種是快速直球。

破風直飛而來的球彷彿受到了吸引——

——朝著小熊的腦袋砸過去。

「唔喔！」

滿心想把球轟出去的小熊沒料到這招，反應就慢了。

哲彥露出奸笑。

隨後——

小熊驚險閃開，球落入了我的手套。

「喂，你搞什麼！」

一屁股跌在地上的小熊甩開球棒站起來。

「這球犯規！」

「剛才那樣應該判他退場吧！」

「玩這種花招！」

「不要同盟」的那些人群情激昂。他們原本就是一群衝動的傢伙，現場已經醞釀出不惜出手鬥毆的氣氛，甚至有人向前傾身邁出了腳步。

而哲彥開口嘲笑他們。

「抱歉抱歉～～我一緊張就手滑了。」

「少騙人，你這人渣！」

「你是會緊張的那種人嗎！」

「既然是你，肯定就是故意的吧！」

哲彥的風評真糟糕耶，完全被認定是故意的了。

而且——關於這一點，他們並沒有說錯。

剛才的暴投是哲彥計策的一環。然而，事情不會這樣就結束。

我從手套裡拿出球以後，「就裝成要把球傳回給哲彥，輕輕朝小熊戴著的頭盔扔過去」。

「啥——」

這樣很危險，因此我有放輕力道以免讓他受傷。

不過，有錯的行為就是有錯。太誇張的舉動讓周圍一片譁然。

我哼聲取笑抱著頭的小熊，補上了決定性的一擊。

「喂喂喂，比賽才到一半吧？別因為沒人愛就杵著發呆啊，你這驢蛋～～」

「——啥～～？」

結果當然是……讓他發火了。

「臭傢伙，你說誰沒人愛～～～～！」

「開什麼玩笑啊～～～～！」

「你有資格講這種話嗎～～～～！」

「姓丸的～～～～！我宰了你～～～～！」

不只是小熊，發火的「不要同盟」成員都闖進操場了。

「唔喔喔喔喔喔喔！誰會被你們抓到啊～～～～！」

我在挑釁的同時開溜。要跟小熊這種徹頭徹尾的運動型男生動手，我不保證打得過他，何況人數的差距肯定會讓我吃鱉。

我拔腿逃跑；小熊追趕而來，他後面更有「不要同盟」的成員跟上。

賭命的追逐戰就此開始。

「開扁！扁那兩個傢伙！」

「噢噢噢噢噢噢噢！」

「唔喔喔喔喔喔喔！」

我跟哲彥逃來逃去，「不要同盟」的人就追來追去。這場危險的追逐戰在惠須川同學和真理愛的安撫下勉強得以收拾。順帶一提，黑羽和白草都傻眼至極，早早回去換衣服了。

而到最後——

「由於場內發生鬥毆，比賽無效！」

「換句話說呢？」

「雙方平手。」

擔任裁判的惠須川同學如此宣布。

沒錯，哲彥所謂的計策——

「惹對方發火讓場上陷入鬥毆，迫使雙方停賽判成平手」。

就是這麼一回事。

打不贏對手，但是也不會輸。而且對我們來說，在這場棒球比賽平手與獲勝是相同意義。

之後在群青同盟提議的比賽項目當中，我們獲得壓倒性勝利。整體戰績變成一勝一平手，我們群青同盟就把非官方粉絲團「不要同盟」納入旗下了。

接著，到了隔天——

這次換跟可知白草粉絲團「絕滅會」比網球。

「哼！」

「混帳……」

我用全力追還是完全趕不上，球在觸地彈起後滾到場地外頭。

我們在網球雙打比賽中幾乎拿不到分數，以懸殊的比數輸掉了第一局。

「喂，哲彥，怎麼辦啦？照這樣下去會打輸耶。」

「絕滅會」提出的要求跟「不要同盟」一樣，是要我加入「絕滅會」；而群青同盟的要求則是將「絕滅會」納為旗下組織。

昨天計策順利奏效，但這次「絕滅會」相當謹慎，目前找不到可趁之機引誘現場群眾鬥毆。

「你打算怎麼做？」

我開口追問，哲彥就望著球場四周的觀眾，嘀咕了一句：

「重要的是先跟對手互換場地。」

「啥？……我知道了。」

儘管跟哲彥的對話讓我感到不自然，被他這麼說也無從反駁，我便移動到對面的場地。

途中，當我跟那波即將在球網邊錯身而過的瞬間，打扮成啦啦隊的白草把水壺遞了過來。

「呃，出現脫水症狀就不好了，是桃坂學妹叫我拿來給你喝的。」

真理愛在白草回頭望去的方向。同樣扮成啦啦隊的真理愛在鐵絲網出入口附近豎起拇指。

她似乎準備了運動飲料來。

「謝啦，小白。」

「你也有份……拿去。」

「什麼！」

白草帶了兩個水壺，而她竟然把其中一個遞給了那波。

「可知白草……」

那波感動得打起哆嗦。

白草板起了臉。

「先告訴你，是桃坂學妹叫我分給你的！我本來並沒有打算拿東西慰勞你，但如果讓你打網球打到脫水，我也會於心不安！」

「無妨……這就夠了……謝謝妳……」

……怎麼搞的，我覺得這其中有鬼。

理由姑且說得通，可是為什麼要把補給品交給對手那波，哲彥身為自己人卻沒有份呢……？

我一回頭，就發現哲彥看著準備拿水壺就口的那波，還微微揚起嘴角。

這該不會……

「！」

那波似乎也有了不好的預感。

他在就口的前一刻停住，並且蓋上水壺的蓋子。

「讓我說句話好嗎？我可不可以跟姓丸的交換水壺？」

果然如此。我也想到了這一點。

哲彥會不會做了安排，在運動飲料裡下【毒】？

「換就換啊。我們這邊可是出於善意才拿給你喝的耶～～既然你這麼警戒，不如先跟末晴交換，然後我們兩邊同時一起喝，怎麼樣？」

「…………」

哲彥的說詞還是有點詭異。不過同時喝的話，即使裡面下了毒，最起碼也可以拗到雙方都倒下的結果，條件算是對等。

那波在思索後嘀咕了：

「我加個條件，假設雙方各有一個人無法上場，就改成單打繼續比賽行嗎？」

「無所謂啦。相對地，如果只有其中一邊出現有人無法上場的狀況，雙打就沒辦法成立，到時候要視為比賽無效，算成和局喔。」

「……好。」

那波似乎是顧慮我們兩邊都倒下的話，會因為比賽無效而算成和局。的確，如果兩邊水壺都有下【毒】，強制和局對「絕滅會」來說就相當於輸掉吧。

哲彥卻答應了讓比賽繼續進行。要繼續比單打的話，群青同盟肯定會輸。這表示，當中只有一邊水壺下了【毒】……？

「…………」

「…………」

我跟那波都盯著交換過的水壺。

水壺是塑膠製品，看不見內容物。或許是心理作用，我可以感受到裡面有股陰毒的氣息。

然而，令人在意的是哲彥爽快答應了跟對方交換水壺這件事。難不成，哲彥是安排一開始先給我下毒的水壺，再引起那波的疑心跟我交換……

「……我還是決定換回來！」

那波似乎也有相同的想法，就再次要求跟我交換。

「嘖！」

哲彥咂嘴。喂，掩飾一下啦。

結果我們又交換回來，現在我要喝的是原先遞給我的那個水壺……話說為什麼是我要喝？因為水壺是白草拿來的，那波才想喝，可是我沒理由要喝啊。

「那就準備喝嘍。」

當我猶豫要不要提出異議時，哲彥開口了。

「三、二、一——喝吧！」

我錯失了抗議的機會，就硬著頭皮將水壺倒過來一口氣喝完。

「「——唔哇——！」」

於是正如我想的，這飲料有毒……

我沒料到的是，我跟那波拿到的水壺，「兩邊都下了毒」。

好猛……這已經超越甜味、苦味、辣味的境界……

細胞正在表示排斥的反應……我有這種感受。

太過強烈的刺激讓我和那波當場趴倒。

「噢噢，厲害。不愧是志田親手調製的飲料。」

「欸，我只是弄了普通的營養飲料耶！」

「黑羽學姊……那不能叫普通喔……」

原、原來是這麼回事……

我還納悶沒看見黑羽的身影，原來她忙著弄飲料……為了掩飾這一點，剛才還特地安排得像是真理愛準備帶來的一樣，藉此誤導我。而且黑羽調的飲料是由白草交到那波手裡，更從他心裡剝奪了不喝的選擇，這樣他就必定中招了。

可是用這種計策，我也會一起死耶！

「末晴，站起來……！只要你站起來，我們就贏了……！」

對喔，記得剛才哲彥有說過。雙方各有一人無法上場就要繼續比單打，但只有其中一方少了搭檔的話，會視為雙打不成立而變成和局。

「你從以前就有吃過志田做的料理吧？所以跟那波相比，你是有免疫力的啦。」

「！」

的、的確……我的身體是瀕臨極限了，卻勉強保有意識。

另一方面，立刻倒地的那波看起來早已失神。

「唔……」

我咬緊牙關，擠出了兩隻手臂的力氣。

用手臂拄著地，撐起上半身。辦到以後就剩雙腿了。

「唔喔喔喔喔喔喔喔喔喔！」

設法站起來的我發出了吼聲。

勝利的咆哮。

「猛耶，姓丸的居然站起來了！」

「這樣這場網球雙打就算成無效比賽，雙方和局！」

現場掀起歡呼聲，在這當中只有一個女同學面無表情地佇立於原位。

——就是黑羽。

「小晴、哲彥同學……你們可以過來一下嗎……？我有話要說耶……」

「要溜嘍，哲彥！」

「噢！」

我跟哲彥轉身就跑。

「站住，你們都別逃！」

黑羽則散發著漆黑的氣場，朝我們追了過來。

到最後我是被守在家門口的黑羽逮住而挨了一頓說教，但是網球比賽本身照哲彥的計策打成了和局。

隔天，群青同盟在自己提議的比賽項目中當然是大獲全勝，「絕滅會」同樣被我們納為旗下組織了。

＊

「這種聚會開始變成例行公事，讓我覺得很不是滋味……」

白草在咖啡廳包廂嘆息。

這裡是位於學校附近，不知不覺間成了她們御用店家的咖啡廳。

黑羽、白草、真理愛圍坐在一如往常的包廂裡，正在進行密談。

「對了，小末人呢？我們三個都聚在一起，不知道會不會被他發現。」

「請放心，白草學姊。人家已經拜託喬治學長，要他分散末晴哥哥的注意力了。」

「那個學長完全被妳運用自如了呢……」

白草表示傻眼，一邊聞了聞濃縮咖啡的香味。

「不過，事情都按照甲斐同學的步調在走，真令人惱火……群青同盟還在不知不覺中多了旗下組織……根本是把我們當成誘餌嘛……」

「說起來很符合哲彥學長的行事方式，但確實讓人心情不悅。關於這一點，我們應該需要對策。」

白草焦躁不耐，反觀真理愛就一派鎮定。她還用湯匙舀起了加在冰淇淋蘇打上面的冰品，眼晴閃閃發亮地享受其中的美味。

黑羽在立場上比較能理解白草的心情。

雖然發生過許多騷動，結果末晴的粉絲團並沒有解散，連要解散的跡象都看不出來。明明她們三個組成了聯合戰線，卻完全沒有得到成果，白草會焦慮也是在所難免。

沒錯，令人在意的是真理愛這邊。

「小桃學妹，看妳似乎滿從容的耶，莫非妳有什麼策略？」

黑羽抛出話題，真理愛就把櫻桃放進嘴裡，然後吐出籽。

「不，人家目前算是在思考。問題是之前在澀谷見到了末晴哥哥粉絲團的那些人，還跟她們有了交情……」

「是啊。」

假如是面對陌生人，就可以當成在末晴身旁繞的蒼蠅，毫不留情地拍掉。

然而，交談過就發現對方是一群普通的女生，除了「不希望粉絲染指末晴」的心思，那些女生並沒有什麼好責怪的地方。

正因為這樣才為難。沒辦法蠻幹，這就是現況。

白草蹺起穿著黑色過膝襪的長腿，然後悄悄思索。

「說到交情我才想起來，我們會跟粉絲團那些女生建立交情的契機，是因為跟甲斐同學帶在身邊的女生吵了架呢。」

「！」

「目睹甲斐同學的行為，增進了小末無論做什麼『還是比甲斐同學像樣』的印象。我覺得當中也有這層因素，導致那些女生心中的不滿比預期來得少。」

黑羽光是這樣就聽出了白草的弦外之音。

「換句話說，哲彥同學是看準會有這種結果，之前才故意在澀谷獵豔？」

「是啊，這麼想就能理解。考慮到之後的發展還有現在的情勢，『各方面』都有跡可循。」

白草說的各方面，是從哲彥的立場來考慮就能聯想到的。

哲彥想擴大群青同盟的規模，儘管在場眾人不清楚理由為何。

還有對於圍繞著末晴的感情事，他無意替任何一方撐腰。稱作中立固然好聽，但既然他有可能成為任何一方的同伴，也是有可能成為敵人。

像哲彥這樣，應該不希望末晴跟任何人湊成一對才是。因為湊成對以後，群青同盟的根基明顯會受到動搖。

既然如此，末晴有了粉絲團這件事對哲彥來說，根本算不上吃虧。

「對哲彥同學而言，粉絲團可以打亂小晴的感情關係，進而減少跟任何人湊成對的機率，所以妳懷疑他是不是在暗中推波助瀾嘍？」

「我沒辦法斷定，但是不無可能吧？」

黑羽不得不認同這一點。

最好設法拉攏到哲彥同學為自己撐腰……當黑羽這麼思索時，真理愛仍從容不迫地喝著冰淇淋蘇打的模樣就映入眼簾。

「！」

慢著……難道說……對啊，表示她當時那樣做的用意是……

黑羽默默望著真理愛，並讓腦袋全力運作。

察覺被人看著的真理愛抬起臉。

「怎麼了嗎，黑羽學姊？」

「小桃學妹，約會那一天，妳利用我跟可知同學的粉絲團團長使了計策對吧？」

「對呀，那又怎麼樣？」

「那是以失敗為前提的計策對不對？」

遭受質疑的真理愛——面不改色。

「想必黑羽學姊也有看見人家不甘心的臉吧？難道妳覺得那是騙人的？」

「畢竟妳有一身好演技，這條思路也是難以割捨……不，我懂了。妳並非以失敗為前提，而是『抱著成不成功都可以的調調在使計』吧？」

「……………」

真理愛的臉色沒有變，卻也沒有反駁。

「我一直覺得有懸念呢。以小桃學妹而言，那次的策略感覺粗糙了點。仔細想想，假設小桃學妹的計策順利奏效，粉絲團是會解散沒錯，不過那是透過小晴失望或者讓那些女生失望才促成的吧？對小晴來說八成有遺恨，矛頭恐怕就會轉到小熊同學或那波同學身上。如此一來，既然那兩個人是我跟可知同學的粉絲團團長，即使小晴不會怨恨我們，可以想見的局面是我們倆仍得設法善後吧？」

「學姊的想像真了不起……所以呢？」

「即使像現在這樣搞砸了，只要粉絲團還留著，狀況仍會一片混亂，我們要跟小晴獨處就更加困難了。雖然小桃學妹一樣會蒙受其害，吃虧最多的卻是住在小晴家隔壁的我。換句話說，妳的損失相對較少，只要虎視眈眈地守候機會出手就可以了。」

「原來如此。」

白草將食指湊到線條優美的下巴，並且點頭。

「表示我們三個雖然組成了聯合戰線，其實只有桃坂學妹無意合作。居然想消耗所有人的心力以圖漁翁之利……妳滿有辦法的嘛。」

「哎呀呀，兩位學姊，憑妄想就想嫁禍給人家的話，人家性情再溫馴也不會默默忍受喔。」

「哪裡溫馴了！妳根本就是條鬣狗！」

「是嗎？白草學姊要這麼說啊？那人家可不能當作沒聽見喔。」

黑羽深深發出嘆息，然後咕噥：

「——事情就是這樣，小惠。不好意思，能請妳加入討論嗎？」

白草和真理愛睜大了眼睛。

黑羽特地把擱在手邊的手機拿到她們面前。

『好，我明白了。我立刻過去。』

從手機傳出了擴音的通話聲。這就可以肯定黑羽把剛才的對話都外洩給橙花了。

「志田學姊，妳——」

「我之前就提出來當成方針了吧。假如目的是要讓粉絲團解散，由帶頭的小惠開口要求會是最穩當的做法。之前的行動都是為了促成那樣的局面，但既然走到這一步了，我認為讓小惠了解我們真正的心思，再求她協助比較好。我有說錯嗎？」

「……既然都被她聽見了，人家也沒辦法推翻學姊的意見。」

真理愛放鬆肩膀。

白草也沒有對黑羽的意見提出異議，稍加思索後就嘀咕：「我了解了。」

沒過多久，橙花便出現了。

「這間店不錯。我第一次進來。」

「小惠，抱歉讓妳專程跑這一趟。為了賠罪，這裡由我請客，點妳喜歡的東西吧。」

「妳倒不用這麼費心……哎，也好。那就承妳美意，我點一杯冰綠茶……菜單上沒有嗎？不然換成冰可可。」

在場的女生閒聊了一陣子，但是趁著冰可可送來，橙花就帶回正題。

「所以關於粉絲團這件事……我先坦白跟妳們說吧。其實，我本來以為粉絲團立刻就會分裂解散的。」

「「「！」」」

橙花環視訝異的三人，然後大概是為了緩和情緒，就慢慢地喝起冰可可。

「我想妳們可以理解，丸同學粉絲團的成員心裡抱持的期望相當分散。話雖如此，紀錄片和真實版結局帶來的效應，讓每個成員都懷著熱情，團體經營的方向稍微出錯就會惹出大問題。為此我才接下了粉絲團團長一職，用意是要讓她們『宣洩熱情』。我原本以為藉著跟丸同學直接交談或接觸，體認到想像與現實的差距以後，就能改善人心浮動的現況。」

「原來如此。」

黑羽、白草、真理愛各自點了點頭。

「假如粉絲團的熱情因而消退，或者成員之間發生衝突，我是打算立刻讓粉絲團解散。之前我預估一定會發展成這樣，但我錯了。目前，粉絲團的狀態變得比我想的更穩定，這也是丸同學和甲斐的行動超出預料所致。」

「小惠，妳說的超出預料是指哪個部分？」

橙花仍然挺直背脊，還拿了吸管就口。

「關於甲斐，就是剛才妳們提到的在澀谷遇見他那件事。感覺那次騷動鞏固了大家的情誼。剛到澀谷集合時隱約還能看出衝突的隱憂，但是桃坂的策略讓粉絲團成員逐步加深關係，遇見甲斐則讓我感覺補上了臨門一腳。」

「唔——」

真理愛悄悄地轉開視線。

「關於小晴，又怎麼說呢？」

「坦白講，我原本以為丸同學在男女交往方面會更加隨便，畢竟他是甲斐的朋友。就算丸同學沒有甲斐那麼離譜，恐怕也會把狼爪伸向各種類型的女生，我是想過要在他伸出狼爪之前，先阻止那樣的事情發生。」

「的確，要是把末晴哥哥當成『哲彥學長的朋友』看待，會這麼想也不奇怪。」

「小末才不可能做那種事，他是個老實的人。」

橙花嘆息。

「雖然可知這麼說，我從聽到的傳言和風評判斷，以為丸同學是個『輕浮男』，所以我之前認定他『很快就會搞砸』。然而並沒有。何止如此，之前我經過確認，才發現丸同學沒有跟粉絲團的任何一個女生直接交換HOTLINE帳號。他有意的話就可以盡情玩火，現況卻是沒有對任何人出手。不知道他是內向還是老實，或者兩者皆是。雖然不明白當中的理由，他與我想像的差了很多。多虧如此，粉絲團裡並沒有爆發什麼莫名其妙的主導權之爭，所以現在處於找不到機會將其解散的狀態。」

「那麼副會長，表示妳跟我們的目的一樣嘍？妳肯不肯協助讓粉絲團走向解散？」

白草代表眾人提出正題。

橙花觀察過在場成員的臉色，然後靜靜地點了頭。

「是的。我的心聲是希望讓粉絲團解散，畢竟我不能盡管這件事。因此我認為可以協助妳們三個人。」

黑羽眼睛一亮。

「小惠，謝謝妳！」

「志田，要謝我可以等成功解散以後。我本身也看不出這件事情該怎麼收拾，妳們有什麼主意嗎?可以的話，當然是希望能有和平穩當的方案。」

「從小晴的個性來想，他差不多該覺得粉絲團這種組織本身跟自己是合不來的……沒想到雙方關係打得這麼好……」

黑羽嘆了氣。

沒錯，她們跟粉絲團成員的關係已經穩定下來而變得友好。假如彼此敵對，能用的手段倒是多得很，然而要截除一段和諧的關係，心理上的門檻實在不低。

「……我明白了。我會試著設法，麻煩妳們幾個也想想。」

所有人對橙花說的話點了頭，現場就此解散。

粉絲團成立造成的騷動經過彼此交好與旗下組織化，看起來姑且是平息了。

然而火種依舊在悶燒。

＊

「掰嘍，小惠。」

跟志田她們分開以後，我回到了學校，因為學生會還有工作要做。

而現在工作做完了，時間即將過下午六點。

來到十一月，外頭已經一片漆黑。今天天氣晴朗，看得見星星閃耀。
各間教室都熄燈了，只有從走廊流瀉的光源灑落。
我在二年B班前面驀然止步。
我讀的是二年E班。明明不是自己的班級卻不由得止步，是無意識所致。
我走向某個座位。想起白天應該坐在這裡的座位主人，我無心間用手指撫過桌面。
劍道老師教過一句讓我非常喜歡的話。

——「交劍知愛」。

這句話講的是透過劍道相互理解，以求增進人性的道理。「愛」與其說是愛情，意思更接近於「愛惜」，意味著要予以重視而不放手。因此把這句話做個總結，就是「要懷著一顆希望能與對方再次練劍或比試的心」。另外，這句話也闡述了跟人練劍或比試就要懷著這樣的心態。
由於有這句話，我對「愛戀」或「愛情」養成了「經由切磋琢磨、相互理解才抱持於心，一輩子都會仰慕、尊敬對方而不變的情念」這樣的印象。
因此在電視或電影看到的戀愛大多讓我有排斥感。我能理解從小就專情於對方的愛戀，也可以給予聲援，但是「因為偶然邂逅」、「因為對方是學校裡的風雲人物」這種墜入愛河的形式，難免讓我抱有疑問。還有，原本著迷於某位男性的少女會在中途又喜歡上其他男性，也讓我覺得實在不合自己的性情。

——所以……這是一段「不值一提的戀情」。

不就是這樣嗎？

畢竟這份感情任誰都有，遺忘得也快，而且在不知不覺中就會捨棄，跟追逐流行性質類似。

過去有個當童星而聞名的男生。我對他並沒有迷到自稱粉絲的地步，但是我看過他拍的幾部作品，對他懷有稱不上愛慕的感情……只能算普通的好感。然而，那個男生不知何時從電視節目上消失，我也就忘了他這個人。

我會想起那個男生，是因為他在文化祭做出了醒目的舉動。在那之前，我連對方跟我就讀同一所學校都沒有察覺。

後來他更出現在好幾部影片裡，提升了知名度。那些影片讓我重新感覺到，這個人應該待在戲劇界，他果然是屬於不同層次的人。

就在這個時候，我看了紀錄片，講述那個男生從電視節目上消失的真相。

他遭遇不幸事故，因而陷入深沉的哀痛。璀璨的才能耀眼奪目，因而造成莫大的陰影，深深侵蝕著他。不過他雖然迷惘，卻沒有誤入歧途，還好好地再次振作了起來。

我受了感動。那個男生在我眼中變帥氣了。想到他就在身邊，我開始會心跳加速。

——簡直不值一提。

多麼膚淺的心意。

彼此連一句話都沒有講過，面對螢幕另一端的男生，「因為見識了一些他克服傷痛的事蹟」、「因為距離有點近」……就在我心裡點燃了這樣的感情，要跟貫徹一輩子的心意相比，實在是不值一提。

這跟感冒類似。突然出現發燒症狀，靜養過後立刻就會退燒。不過如此而已。

可是在熱情發作的期間——我變得無論如何都想跟他親近。

所以我起了「盡早讓自己失望」的念頭。

『橙花，有個案子讓我有一滴～～滴在意耶……可以的話，能不能請妳介入其中？其實最近有個叫丸末晴的男生，他的粉絲在鬧糾紛——』

我會接受亦為朋友的學生會長之託，就是出於這樣的私情。

對方是只有透過螢幕認識的男生。既然如此，現實與想像肯定有落差。光從聽來的風評判斷，可以知道他相當輕浮，那我應該很快就會失望。正經古板的我絕對跟這種人合不來。所以不要緊的，趕快得知現實，多把腦袋用在其他事情上一定比較好。

然而——

『不過，我覺得最厲害的是身邊有那麼強的人，讓妳受到了挫折，妳卻還能爬起來努力。』

我卻受到了更深的吸引。

……大家都肯用「有為有守」、「好人」這些詞來誇獎我。

可是我也有想要任性的時候，我也有覺得什麼事都無所謂的時候。

我克制住那樣的想法，努力到了現在。

「因為我付出了努力，才能成為『有為有守又是個好人的惠須川橙花』」。

但是沒有人肯誇獎我做的努力，連發現的人都沒有。

正因如此……我才感到困擾。

之前我都不曉得努力後得到他人稱許，居然會如此讓人欣喜，如此打動內心——

簡直不值一提。

沒被別人注意的細節受到誇獎居然讓我更加迷戀對方，實在是太老套了。老套得不值一提。

沒錯，不值一提，「我非得這麼認定」。

畢竟我是被期待能保持中立才成為粉絲團團長。因此，我這樣的情愫對任何人都沒有益處。

但是——

『沒錯。妳哥強得離譜，可是妳也相當有作為，當領袖又能替大家著想，人好到簡直讓我吃驚的地步。』

他的為人遠比我想像的和善——

『我最清楚自己並不是什麼大不了的人啦。』

遠比我想像的謙虛——

原本以為他個性不正經，他卻沒有對女生伸出狼爪，行事馬虎的程度也可以說是不拘小節。本來覺得彼此合不來，其實也沒有那種事，反而一下子就變得要好。

明明是不值一提的戀情，我卻——

預料外的感情始終動搖著我的心。

不過我絲毫沒有告白的意思，因為我連競爭的舞台都沒有站上去。

『小晴！』

『小末！』

『末晴哥哥！』

在他周圍的女生全都美麗、聰明而有魅力，我到底是比不上她們。何況她們三個都從小時候就跟他有命中注定的邂逅，之後就一直專情於他。

對我而言，「愛戀」或「愛情」就是「經由切磋琢磨、相互理解才抱持於心，一輩子都會仰慕、尊敬對方而不變的情念」。「這三個人儼然體現了我的理想」。

更重要的是，她們三個都有意冒著風險對那個男生表達好感。

我不敢表達好感。我害怕。她們卻毫不迷惘地邁進。

那麼，我自己又如何？

不值一提的戀情。沒有命運性，也沒有堪稱專情的歲月累積，更沒有意願冒著風險表達好感。這樣要跟她們比，本身就是件失禮的事。

我打算絕口不提自己的這份感情，直到沖淡消退為止。因為這是講了也對任何人都沒有好處的情愫。

這時候，教室的燈亮了。

「咦，這不是惠須川同學嗎？」

「——！」

我嚇得往後一跳。

別看我這樣，保持沉著冷靜可是我的長項。然而，現在我的腦袋卻亂成了一團。

我待在丸同學的座位，所以他會來這裡並非不可能的事……但是我待在這個座位，難道不會被看出端倪嗎……？

想到這裡，我就無法保持平常心。

「你、你、你怎麼會來……！」

「沒有啦～～我被喬治學長帶去動畫研看了他推薦的動畫，結果我說很有趣，學長就借了原作輕小說給我。但是書包裝不下，我才想到有超商購物袋一直放在置物櫃，就回來拿了。」

丸同學揹在肩上的書包裡確實裝了滿出來的輕小說。

「惠須川同學，妳怎麼會在我的座位？」

「啊……原、原來這是你的座位嗎！我從走廊上看過來，發現這裡好像髒了一片，才覺得好奇。」

「咦，真的假的？」

「沒、沒有，仔細一看並沒有髒！」

「那就好。不過還真巧耶，我很少這種時間待在教室，妳卻剛好在我的座位。」

「是、是是是、是啊。」

臉好燙。以往我根本沒有這樣的經驗。

奇怪。我有一段時期是那麼熱衷於劍道，對心靈方面的管控也具有自信——現在卻語無倫次到了丟人的地步。

丸同學在放了各種東西的自用置物櫃翻找，挖到超商購物袋之後，就從書包裡拿出輕小說放進袋子裡。

「……惠須川同學，總覺得妳跟平時不一樣耶。」

「啥？我、我跟往常一樣啊！」

丸同學默默地望著我的臉。

明明對望在劍道是稀鬆平常的事，我的心跳卻輕易地加速了。

「不對耶，我還是覺得有差別。」

「沒、沒有那種事！」

「既、既然妳這麼堅持，倒也無所謂啦……」

丸同學氣勢輸我，就爽快地退讓了。

「惠須川同學，妳正要回家吧？」

「是、是啊，怎麼樣？」

「天色已經暗了，反正我們回家都要到車站，我送妳吧。會讓妳困擾嗎？」

被他這麼問——我不可能拒絕得掉。

「我、我明白了。到車站這段路就一起走吧。」

「好。」

於是我們並肩離開學校。

……不行，我的心正在浮動。

我自覺到自己跟平時不同。

不知道為什麼，樹木、道路、路燈的亮光看起來都好耀眼。

（惠須川橙花，妳這蠢貨！對這種不值一提的戀情慌亂些什麼——）

光是像這樣訓斥自己並設法保持冷靜，就讓我費盡心力。

「其實惠須川同學，我有件事想找妳商量。」

「找我？」

「對。」

「商量」一詞讓我努力想保持的冷靜瞬間被拋到腦後。雖然我拚命裝作面無表情，心裡卻高興得臉頰不禁頻頻抽動。

「為什麼要找我？是志田她們處理不了的事情嗎？」

明明很高興，但堅持要表現公正的強迫觀念讓我刻意提到了自己想迴避的名字。

「對啊，找妳商量才合適。」

「是關於粉絲團的事嗎？」

「嗯，是啊。」

我提振精神點了頭。

「我明白了，要商量的內容是？」

「我在想……有沒有什麼好辦法可以讓粉絲團解散。」

「！」

我訝異得愣住了。

志田她們會想解散粉絲團是當然的，但我沒想到丸同學會開口要求。

「這、這是為什麼？」

「我先聲明，並不是妳做得不好，也不是因為我討厭粉絲團裡的那些女生。只是該怎麼說呢，我覺得粉絲團這樣的團體還是跟我的性子不合。」

有股寒意竄過我的背脊。

『從小晴的個性來想，他差不多該覺得粉絲團這種組織本身跟自己是合不來的……沒想到雙方關係打得這麼好……』

約一小時前，志田所說的話。

完全被她料中了……不知道是出於青梅竹馬所累積的相處時間……或者出於志田本身的優秀

能力……

無論是前者或後者，我都被志田震懾了。

「自從粉絲團成立以後，我一不注意就會毛毛躁躁的。最近冷靜下來試著回顧以後，我發現自己有許多地方要反省。」

「反省是好事，畢竟你有得意忘形的舉動是事實。」

「呃！果然妳也覺得嗎？」

「當然了。不過，既然所謂的『粉絲團』成立了，就算程度上有所差別，會讓人有得意的想法也無可厚非。」

「唉，所以嘍，我覺得自己在行事上要老實一點才可以。」

「老實？你並沒有對粉絲團的女生伸出狼爪吧？」

「不過，我還是覺得自己對粉絲團那些女生嘻皮笑臉的話，觀感不可能會好吧——在小黑她們看來。」

「…………」

我的內心感到一陣刺痛。

當我無話可回時，丸同學又繼續說下去。

「我是個傻瓜，因為對自己沒有自信，就不太能了解女生的心思，也不懂他人對我的好感。

可是小黑至少有向我好好表達本身的心意，小白和小桃也有表明對我的好感。當我聽到有人想替她們三個成立粉絲團時，心裡是有點疙瘩的。考慮到這一點，我覺得她們三個也會對我有粉絲團這點產生疙瘩吧，所以我想讓粉絲團解散。當然我並不是討厭粉絲團的女生或怎樣，可以的話，我希望能有個圓滿的收場，即使以後在走廊碰到也能像朋友一樣聊聊天最好……」

這樣啊，原來丸同學與其說「遲鈍」，不如說是缺乏身為男性的自信。

他應該是遇到便宜自己的好事就會暫且擱到一旁的那種類型。要說以結果來看那就是「遲鈍」，自然也無可反駁，不過他並沒有遲鈍到別人對自己表示好感，也還是渾然不覺或置之不理的地步。

話雖如此，他也沒有敏銳到能夠察覺我的好感——

我停下腳步，大大地嘆了口氣。

「受不了，居然會聽你提出『解散』兩字，真的嚇到我了。」

「會、會嗎？」

「會。還有，我也明白你來找我商量的理由了。畢竟只要我開口要求粉絲團解散，事情姑且就結束了。」

「另外，我希望可以不要向小黑、小白、小桃三人透露就將這件事擺平。應該說，我希望不依靠她們三個就把事情解決，藉此展現出對她們的一點誠意。」

「那算不算誠意倒不好說……」

「果、果然是這樣嗎？」

「唉，不過我會酌情處理。」

志田、可知、桃坂三個人在丸同學心中果然有特殊的地位。這一點無庸置疑。

而且我並沒有膽量與骨氣由此刻踏入其中，這也是事實。

讓我覺得舒服的心動感，以及讓我怡然自得的對話。

沒膽量的我只能就此滿足，這是我必須有自覺的吧。

仰頭向天。有滿天的星斗。

我將淡淡的情意送向星空彼端，然後閉上眼睛。

「——我明白了。我答應協助你。」

眼睛睜開時，我已經做出決斷。

「以朋友的立場，懂嗎？」

我會以朋友的身分跟他相處。

……恐怕從千年以前就有「男女之間友情是否能成立」這樣的問題存在，而且解答至今仍未出現。

我的想法是「答案因人而異」。男女間有友情成立的狀況，也有無法成立的狀況。

那麼我的狀況又如何？以往我都沒有定出答案，不過，我敢在當下作答。

『男女之間友情能夠成立』——這便是我的答案。

因為對連候補女友都當不成的我來說，這是最理想的著落。

「真的嗎！感謝！」

丸同學露出無邪的笑容。

光是如此，理應被我封存的心意就躁動起來。

但這是我自己決定好的。替這份情愫加上蓋子以後，我逞強說道：

「不過你來求我——代價可是很高的喔。」

「妳明明說要以朋友的身分幫我，卻還要收錢嗎！」

「我沒有說代價是錢吧。還有，你對待朋友一樣得有誠意。」

「咦～～具體來說呢？」

「我要先想想。放心吧，我不會強人所難。」

「不過，反正妳可以信賴，好吧。」

志田、可知、桃坂在他口中是小黑、小白、小桃。

但是他叫我惠須川同學。

相較於那三個人，我跟丸同學的距離……果然比較遠。

我聳了聳肩，並且切換心情。

「那麼，關於具體的解散手續……我需要一點策略。要我明天就宣布粉絲團解散也是可以，但毫無對策的話應該會引起不平。比方我託辭太忙而卸下團長之職好了，但是團裡像現在這麼穩定，可能就會拱其他人當團長繼續活動。即使解散了也得不到理解，或許還有人會失控過來跟你接觸。」

「對喔，說得也是……」

「要我扮黑臉也可以喔。只要我用高壓的態度表示：『因為團裡有太多讓人看不下去的行為，我決定離開團長的位子！』『不准粉絲團繼續活動！』『大家都要跟丸同學保持距離！』她們多少還是會聽話才對。」

「不不不，那樣做不行吧！為什麼是被我添麻煩的妳要去犯眾怒！要犯眾怒的話，也是我去才對！這絕對要分清楚吧！」

受不了，明明動不動就得意忘形，卻只有這種時候擺一副男子漢的臉……真是讓人困擾。

「我明白了。不然剛才的方案算最後手段，假如你有好點子就告訴我。」

「唔、嗯~~……好點子是嗎……真難想耶……」

志田她們也沒有想出好點子，要丸同學當場想出來應該有困難。

「唉，或許早點行動是比較好，不過這件事又沒有截止日。我們試著想看看吧。」

「是啊，我明白了。我也會試著思考。」

讓事情結束吧。

不值一提的戀情，局外者的愚蠢愛慕，都會隨著這次合作完畢而消失。

向前進是覺悟，放棄也一樣是覺悟。

既然沒有自信前進，就只能選另一邊而已。

可是——

「掰嘍，惠須川同學。」

「嗯。」

抵達車站，彼此將分開的時候，丸同學揮了揮手轉過身。下個瞬間，他的神色已經跟在學校時不同，那恐怕是他面對家人的臉孔。

目睹他表情的轉變，我心裡湧現莫名的懊悔。

（他不曾用那種表情對著我。在志田面前肯定就是那張臉——）

我發現自己開始有這樣的思緒，因而甩了甩頭。

我有了放棄的覺悟。

可是——

即使有覺悟，我仍不確定自己是否能達成。

＊

我跟惠須川同學商量過後，就一直在思考能讓粉絲團和平解散的「好點子」。

可以的話，我不希望讓任何人留下不愉快。

假如要承受傷害，由我承受就好。

這樣的難題有方法解決嗎……？

我躺在床上，望著手機的通訊錄。

憑我的腦袋似乎連好點子的頭緒都想不出來。既然如此，我該不該放下自尊，找個想得出辦法的人商量呢？

不過黑羽、白草、真理愛要先剔除。我希望不靠她們三個就將事情解決。

哲彥的話……以商量對象來說是首選，不過那傢伙會提的都屬於即使能解決問題，還是會造成其他問題的歪主意。找那傢伙商量就當成最後手段吧。

繪里小姐嘛……好講話的她其實是個吃過很多苦的人，可靠的地方在於她可以吭都不吭一聲就熬過難關。由於繪里小姐是真理愛的姊姊，真理愛至今都是用什麼形式維持跟粉絲團的關係，她可能都看在眼裡。可是突然找繪里小姐商量好像會造成困擾耶，我無論如何都會顧慮這一點。

總一郎先生……他簡直是前所未見的聖人，雖然關係親近，可是要把大企業的老闆拖來蹚這種渾水還是有顧忌。

找玲菜……免談！她肯定會把我商量的事情當成材料，一直掛在嘴邊嘲弄我！明明是學妹還這麼囂張！

真難找耶——當我想得頭都歪了的時候，就在通訊錄上發現了某個名字。

對喔。我怎麼就忘了還有這個「私底下最仰賴的人物」呢？

事不宜遲，我立刻打了電話給這名人物。

於是電話立刻接通了。

『啪……喀啦喀啦……匡啷——！』

手機傳來乒乒乓乓的聲響。

欸，怎麼搞的啊……？

我戰戰兢兢地問對方。

「喂、喂……？妳沒事吧，朱音？」

『我、我沒事，晴哥！怎麼了，這、這麼晚打來？』

「沒什麼啦，我想稍微借用妳的智慧。現在講電話方便嗎？」

『！晴哥，你等我一下。』

朱音剛放下手機，似乎就忙起了什麼。

聽得見嘰嘰嘰的聲響。那是麥克筆的運筆聲……朱音在寫字……？接著她跑到走廊……弄斷膠帶的聲音……所以是在貼字條？然後又回到房裡鎖上門……再回來跟我通話。

『讓你久等了，晴哥。沒問題了。』

「朱音，妳剛才是在貼字條？」

『你、你怎麼曉得！』

「聽聲音。」

『原來如此……收音比我想的還清楚……值得參考。』

朱音從頭到尾都是認真的。

『所以，晴哥，我準備就緒了。要講多久都可以，我一定會提供好主意的，儘管說吧。』

沒錯，朱音只是拙於溝通，有時候難免表錯情或會錯意，心地卻是非常正直光明。她不會吝惜為他人發揮自己洋溢的才華，是個善良的女孩。

「那麼，這件事說來話長，麻煩妳聽一聽。」

我從自己有了粉絲團開始說起。

朱音始終都認真聽著，然後——彷彿要回應我的期待，她傳授了能解決一切的計策給我。

＊

只要我列舉條件，朱音無論什麼問題都能幫忙找出符合條件的解決方案。另外要是沒辦法的話，她也會明確告訴我結論就是「沒辦法」。

這種態度顯出朱音的特殊性。假如問題簡單，任誰都提得出明確的解決方案，但現實是複雜難解的。可以找到最佳解的情況意外稀少，所以我認為常人都會稍微更動條件或去改變結論。

比方說，如果要導出符合條件的結論有困難，黑羽就會把結論改得實際一點。像她提出的「青梅女友」正是個例子。

朱音就不會那麼做。她不會對條件與結論做絲毫更動，有時候甚至會用「跳過中間過程」的蠻橫方式求出結論。懂數學的人常有這種狀況，跟他們看到題目可以跳過算式直接求出答案的現象類似。

我舉個老套的例子，先有想住在澀谷的結論，尋屋條件設為從車站步行五分鐘，格局要一房一廳一廚，預算為〇〇圓，但實際上想滿足所有條件是沒辦法的。

這樣的話，正常是會在某個條件讓步。比如地點調寬到從車站步行十五分鐘，或者提高預算，跟現實妥協。

但是朱音不一樣。她恐怕會以驚人的速度調查各項情報，找出符合所有條件的房仲物件。

奇怪了，理應不可能有這樣的房仲物件啊……疑惑地一探究竟後，這才釋然。

——是凶宅。

這並不代表朱音懷著惡意在找房子。

朱音誠心誠意地用全力找到最後的結論就是如此，她確實幫忙安排了解決的方案，錯的是找房子的人沒有加註「不要凶宅」這個條件。

我很欣賞朱音這種就算用盡方式也要得出答案的做法。要不要採用她提出來的策略另當別論，多一種手段可以選擇是無庸置疑的。何況問題經過她整理，該做的事也會變得明確。

所以對我來說，朱音是「私底下最仰賴的人物」。

然後，我列舉給朱音的條件如以下所示：

「盡可能以不傷害到那些女成員的形式，讓粉絲團和平解散。」

「不靠黑羽、白草、真理愛解決問題。」

「為此，基本上我不惜做任何事。」

我用手機將條件都告訴了朱音。說明完以後，她仍思索了一陣子。

然而，她做了格外長的深呼吸。

『——是有一個辦法。』

朱音如此嘀咕。

『晴哥，粉絲團裡的人會想接近你，是因為你有機可趁。』

「有機可趁？」

『沒錯，假如你有女朋友，應該就會跟著出現想退出的人。當然即使不是女朋友，只要有個真命天女在就可以了。狀況一旦變成有粉絲團會對晴哥造成困擾，解散自然就指日可期。』

「原來如此。」

朱音像預言家一樣說道。我能輕易想像她現在是什麼樣的眼神。

『所以我才會提出這個方案。「由晴哥在大家面前接吻」。我認為這樣就行了。』

「接、接吻？」

不愧是朱音……她有為了導出結論可以不擇手段的傾向，這次替我想出的主意可真猛……

『沒錯。告白是不行的。黑姊在告白祭留下太深的印象，可以想見效果會不理想。你現在要用接吻的方式才可以。』

「唔……可是，那麼做好像會無法回頭耶……」

萬一我對黑羽那麼做，就等於「情侶成立」了。事情的嚴重程度並不是開玩笑或找藉口可以搪塞過去的。

當然，即使換成其他女生也同樣事關重大，若是初吻更會記得一輩子。

接吻可以說就是如此強烈的一帖【劇藥】。

『晴哥，「接吻的對象是誰都可以」。即使對方不是你真正喜歡的人，這計策也能成立。』

「啊，原來如此……」

朱音的計策是要我明示自己的真命天女，藉此讓粉絲團知難而退。

所以即使我吻的對象並非真正的真命天女，能讓其他人以為是就夠了。既然這樣，與其吻親近的女生，或許找個跟我有適度距離感的人更不容易穿幫，而且有效。

可是……接吻嗎……難度高到不行耶……

『重點在於要「讓所有人都肯相信」這是晴哥的真正心聲。其實這一點是最難的。』

「……的確。」

就算接吻有著可怕的效力，如果可信度太薄弱就沒有實踐的意義。即使我跟玲菜接吻，在知道玲菜專門包辦萬事的人眼中看來——

——姓丸的砸了多少錢來接吻啊……？

大概只會這麼想吧。唉，反正玲菜不准我委託色色的事，感覺出再多錢也無法讓她說ＯＫ就是了。

『比如你在群青同盟進行某種比賽，還定了輸掉就要揭露自己的祕密當條件怎樣？然後你故意輸掉以後，再吻自己喜歡的女生。』

「……原來如此。比起突然吻某個人，讓大家覺得我是輸掉比賽而不得不吻，更能增加可信度。」

要表現出之前一直隱瞞有真命天女的態度，這點應該很重要。

當我自顧自地連連點頭時，朱音嘀咕了。

『然後還有一點，晴哥。』

「嗯？」

她先這麼提醒，然後就說出不得了的話。

『在那之後，有句「咒語」可以讓所有人都安靜下來——』

這句台詞，犀利得讓我以為其他聲音一瞬間都從世上消失了。

朱音不太會用抽象的修辭。

正因如此，我被她勾起了興趣。

「──妳是說，咒語？」

『嗯。』

「……麻煩告訴我。」

朱音說出來的話，內容極為單純。

然而──原來如此。這有效。

就算我安排了冒牌的女友，問題是後續會被追究。要擺脫大家的追究又不讓真相穿幫比較困難。

但只要有朱音的這句「咒語」……行得通。

我將話題帶到下一個階段。

「那麼，群青同盟的比賽要盡可能熱烈才好吧。」

『嗯，被看出你是故意輸掉的，可信度就會下降。但我不擔心這一點。』

「為什麼不擔心？」

『因為我聽說過，晴哥只要是為了別人就可以拿出精湛的演技。這是為了黑姊她們才演的戲吧？所以我篤定這部分不會有問題。』

我訝異地眨了眨眼睛。

朱音有她笨拙之處，卻具備看穿本質的眼力。

不愧是我私底下仰賴的祕密王牌。

「那還用說，包在我身上。這樣的話，我該找誰接吻呢……」

朱音給了我許多建議，剩下最大的問題就是這個。

「接吻……接吻是嗎……基本上，我自己就對接吻有抗拒……但是對方問題更大吧……我不想依賴小黑、小白、小桃，所以先將她們排除在外，其他能順利談妥的人……嗯～～沒有那樣的女生耶……聽我說明完理由會答應的女生根本不存在……只能砸錢找玲菜賭一把看看吧……」

『——晴、晴哥！』

「唔喔！怎麼了嗎，朱音？」

她突然提高音量，所以我嚇了一跳。

『假如晴哥有困難，我可可可、可、可……可以……』

剛以為朱音提高音量，現在又逐漸變小聲了，到最後我幾乎聽不清她講什麼。

因此我反問了一句。

「嗯？妳是說妳渴了？」

『我討厭晴哥。』

「為什麼啦！」

我怎麼才過一秒就惹人厭了！太難過了吧！

「等、等一下，朱音，我們冷靜談談。妳能不能把剛才的話再大聲說一次？」

『……我知道了。我也有不對的地方，這點我承認。那我說得更簡潔一點。』

隔著手機可以感受到朱音的不情願，但是她好像姑且接受了。

朱音清了清嗓重新開口：

『——晴哥，跟我接吻。』

「…………」

『…………』

「…………」

『…………啊！』

我聽見了朱音倒抽一口氣的聲音。

『不、不是，晴哥！我不是那個意思！』

「我明白啦。」

我跟朱音是從小就認識的老交情。雖然我馬上就察覺了她的口誤，但太過直接的台詞讓我煩

惱到不知道該怎麼修正才好的地步。

「照妳的個性，是不小心先講了結論對吧？因為我提到『沒有那樣的女生』，妳才會自告奮勇對不對？」

我曉得朱音有笨拙之處，因此她的口誤與這種反應，對我來說是在預料範圍內，我也才能保持冷靜。

『……既然晴哥明白，那就算了。』

大概是口誤傷到自尊，朱音似乎壞了心情，可以感受到她的隻字片語間帶有刺。

『但我還是討厭晴哥。』

「為什麼啦！」

聽到仰賴又跟妹妹一樣的女生說討厭自己，會讓我心痛耶！

「欸，朱音，麻煩妳冷靜聽我說。」

『說什麼？』

單單一句話，聽起來卻冷漠得嚇人。

我慎重地回答：

「妳肯自告奮勇，我很高興。」

『晴哥……』

果然我應該坦然表示自己的欣慰。朱音的語氣突然放軟了。

『那、那麼，你要……跟我接、接……吻嗎？』

「不，那樣會構成犯罪吧。」

『我好討厭晴哥。』

「欸——」

從討厭加強成好討厭了耶！

我覺得照這樣下去會被朱音掛電話，就加快語速。

「聽、聽我說，朱音！妳會願意跟我接吻，都是為了我吧？」

『…………』

「這份心意，真的比什麼都還要讓我高興。」

『晴哥……』

很好很好，看來朱音的憤怒緩和了。

當下我該拿出哥哥的風範，講話要注意包容力。

「一向追求合理性的妳，或許會認為接吻不算什麼大不了的事。但是因為我的私事而剝奪妳的初吻，就未免太過意不去。所以我不能做這種選擇。要接吻的話，我希望妳能保留給自己真正鍾愛的人。」

『…………』

「還有，像這樣跟妳討論的過程中，我想到了一個適合的人選。」

『適合的人選？那是……？』

「有個渣男平時總對我呼來喚去，自己卻專門撿便宜。這次我決定拖他下水……咯咯咯。」

『……原來如此。找那個人的話，我想也能得到期望的結果……可是那樣好嗎？』

「這叫要死一起死。無所謂啦。」

——我跟朱音有過這樣一段互動。

方針就此決定了。

為了讓粉絲團和平解散——

——我要強吻哲彥，讓大家認為他是我的真命天子。

就用這招——！這樣一切問題都可以解決啦——！

…………咦？

真的非這樣不可嗎……這會不會把事情搞大啊……

要問想或不想，我是絕對不想幹！

然而——這是在為自己的愚蠢行為擦屁股。

假如我從一開始就拒絕粉絲團，既不會對黑羽她們不老實，事情更不至於鬧大。得意忘形就是所有問題的起因。既然這樣，我就必須心甘情願地受這點罪。

沒別的辦法了。至少我找朱音及惠須川同學商量，也沒有想出比這更好的方案。

既然這樣，剩下的就是做出覺悟而已。

切下心中的開關吧。從現在起，我要用演員的身分騙倒大家。

（這次的行動是為了小黑她們——那我辦得到……！）

如此下定決心的我在隔天午休時間去找惠須川同學。

要執行這套方案，協助者不可或缺。因此我先跟惠須川同學商量了。

幸好惠須川同學一個人在學生會辦，環境很方便我們講話。

「呃，惠須川同學，我有一個好方案了——」

我用這樣的開場白來講述跟朱音之間的互動。

於是——

「有這種計策啊……哎，可是……你、你真的要這樣做嗎……？雖然這招確實可以將問題一舉解決……」

她嘀咕了這些，態度猶豫不決。有常識的惠須川同學聽了會這樣應該是理所當然的反應。

「你還說這套方案是志田她妹妹想出來的？讀國一？難以置信。」

「朱音靠她冷靜的判斷力就能想出有效的方案，不管於好於壞。」

惠須川同學把手湊到額頭，深深地嘆了氣，彷彿保母面對頑皮小孩會有的舉動。

「你真的覺得可以？」

「我已經做好覺悟了，所以麻煩妳協助。」

「……好吧。粉絲團那邊由我帶隊，我會巧妙地引她們過去。不過協助者最好再多一點，你要用群青同盟的名義進行比賽，接吻則是輸掉比賽的結果吧？既然如此，一定要先拉攏比賽對手協助你。」

「這部分我也跟朱音討論過，我打算跟喬治學長比賽。比賽結果出來就執行策略，這樣一來應該能辦妥。」

「喬治學長……原來如此。桃坂的粉絲團團長嗎？從之前的局勢發展來想，他是最自然的比賽對手。想得妙。」

「另外，我還想找玲菜統一說詞。」

「玲菜？」

「一年級的淺黃玲菜。妳認識嗎？」

「啊，一年級成績居首位的淺黃嗎？」

原來玲菜是這樣被學生會副會長記住的。

囂張。下次記得教訓她。

「你有辦法遊說喬治學長和玲菜嗎？」

「跟喬治學長講過話以後，我發現他人很好，而且這件事對小桃有利益，應該可以輕鬆得到他的答應。玲菜那邊最慘也只要出錢——」

差點透露口風的我連忙捂嘴。

對方是學生會副會長，假如她對玲菜萬事包辦的生意不知情，最慘也只要出錢——這句台詞會成為致命傷。

「錢？這話是什麼意思？」

「啊～～沒有啦，我想只要向她保證將來出社會以後會回饋她，到時再付錢！這樣說應該就沒問題了。」

「這樣行得通嗎？」

「哎，畢竟我很疼那個學妹。」

不知怎地有幻聽症狀讓我耳裡出現「大大好跋扈～～」這句話，但是我決定裝作沒知覺。

「嗯，這樣似乎就相當可行……不過有一道很大的門檻在。」

「什麼門檻？」

「──甲斐。」

「問題就是這裡……」

這次的計策要說難在哪裡，哲彥的存在占絕大部分。

我丟臉沒關係，反正我是自找的，而且我也有了覺悟。

然而哲彥完全是陪葬品，他處於受到牽連而單方面吃虧的立場。要是被察覺，他不可能不抵抗。

「我對甲斐也傷透了腦筋。跟那傢伙相比，大良儀都還算可愛的。畢竟大良儀只是孩子氣罷了。」

「有同感。」

「甲斐與其說不好對付，應該說他的直覺異常敏銳。即使想設圈套，他大多也會發現然後溜掉。為了遏止甲斐花心的行為，我也收集過他腳踏三條船的證據並對外公開，不過老實說那傢伙是嫌麻煩才會退讓，所以看似是我贏了。假如甲斐踏的三條船中有真命天女，使得他發飆反擊，不知道後果會是怎麼樣……坦白講我連想像都覺得害怕。」

以往哲彥都是自己人，所以很可靠。

然而我在這次的作戰之中會跟他敵對，正因如此才可怕。

其直覺之靈，以及狡詐，憑半吊子的本事是耍不到他的。

不過——

「我會辦到的。」

我向惠須川同學斷言。

「這一次，只要用這項計策就可以圓滿收場，成功的話大家都能幸福。那麼我可以發揮全力。我一定會騙倒哲彥，交給我吧。我已經切下開關了。」

「丸同學……」

黑羽給過我「只要是為了他人就能發揮演技」的建議。我在日常生活中也有活用到這點。

「還有，那傢伙從以前到現在利用我那麼多次……這次換我利用他了……做好覺悟吧，哲彥……過去甜頭都被你享盡，這種便宜的事就算天意允許，我也不會寬容喔。咯咯咯！」

「真受不了……該說你們是臭味相投嗎……」

惠須川同學交抱雙臂，蹙起眉頭。

「為了避免被哲彥看穿，這項作戰就由我、惠須川同學、喬治學長、玲菜四個人來執行。可以嗎？」

「……我明白了。你跟喬治學長的比賽細節決定好以後就告訴我，我可以巧妙地把粉絲團引過去。還有，到時候我會盡量將這場比賽的消息散布出去。」

「不愧是副會長，真可靠。拜託妳嘍。」

我伸出拳頭，惠須川同學便低喃一聲「嗯」，和我互碰拳頭。

＊

我在檯面下展開行動了。首先我去找喬治學長交涉。

「……………原來如此，我了解狀況了。既然是為了真理愛好，我當然會協助。」

「謝謝學長！」

「這樣的話，問題就是比賽內容與賭注，你有沒有腹案？」

「我覺得可以挑個學長和我都拿手到一定程度的項目。舉例來說，學長會打羽毛球嗎？」

「噢～～羽毛球！GOOD！我很擅長！大約有五年的經驗！」

打羽毛球雖然也要靠運動神經，首先還是得看打過幾年的比賽。既然他打了五年，應該可以視為生手沒辦法招架的水準。

「那我們就打羽球嘍。還有關於賭注這一點，賭『揭露我的祕密』和『小桃粉絲團加入群青同盟旗下』怎麼樣？」

「『揭露祕密』……原來如此。那就當成在下手裡握有丸學弟的祕密，還希望向眾人公開——這套劇情大綱怎麼樣？」

「不錯耶！感謝學長幫的大忙！」

「你別介意，一切都是因為妹妹太棒了！」

就這樣，對喬治學長遊說成功了。

接著要跟玲菜交涉。

「…………唉，你們這個點子還真不得了耶。而且還是一起去沖繩旅行的那個朱音妹妹想出來的，令人擔憂她的將來。」

玲菜聽完計畫以後就無力地垂下肩膀。

「所以說，我們希望找妳協助，主要是在誤導哲彥這方面。」

「……我明白了。我可以幫你們。」

「噢！妳真好說話耶！」

畢竟玲菜跟哲彥的交情比我長，老實說我以為會卡在她這關。

「妳果然記得我平時疼愛妳的恩情！」

玲菜露出尖尖的犬齒，還亮起了眼睛。

「如果大大要講這種即使是玩笑也讓人火大的話，我就不幫了。」

「是我不好。我承認自己得意忘形了。」

我下跪賠罪以後，玲菜就深深地嘆了氣。

「真拿大大沒辦法耶……唉～～我會幫忙啦，所以你不用再跪了。」

「真的嗎？好耶，不必花錢只靠下跪就拗到了，真幸運。」

「大大你喔……」

玲菜搖了搖頭。

「先把話說清楚喲。我之所以幫這個忙，是為了阿哲學長。」

「嗯？這明明是在算計哲彥，妳怎麼說是為了他？」

「在我看來，會覺得阿哲學長好像有點心急喲，從告白祭過後。」

「……會嗎？」

玲菜這話倒是出乎意料。該不會是她從國中就跟哲彥認識才有這樣的直覺吧？

「阿哲學長他啊，很會出鬼點子，直覺也靈，於好於壞來說都不算普通人吧？可是他跟大大不一樣，並沒有才華可以獨自引起社會注目或者召集眾人。所以在大大復出之前，感覺阿哲學長就是發揮不了才幹，才會將多餘的力氣用在跟女生玩以求解悶。」

啊～～我好像可以體會。哲彥當幕後人員比較能發揮才幹。

以舞台人員來講，就是負責執導演出或者當製作人。哲彥想做的話，無論是演員、音控或照明應該都有能力做好，不過最能讓他施展手腕的途徑還是留居幕後，而且要待在可以指揮全體的職位。哲彥適合那個位子。

「然後，因為大大復出了，阿哲學長就可以執行他從以前儲備的各種策略；而那些都獲得了成功，阿哲學長的影響力正呈現函數性成長。順利到簡直太順利的地步……或許就是因此所致吧。老實說，阿哲學長看起來很心急……所以我希望讓他中計一次，藉此讓他找回冷靜與玩心……事情就是這樣。」

「妳對我態度這麼糟，卻有把哲彥當成學長在尊重耶。」

「大大沒有因為性騷擾和霸凌學妹而挨告就應該感激了喔。我對大大以外的學長姊都會尊重的啊。」

「我應該說過那叫指導，而不是霸凌吧？」

我用兩手食指戳了玲菜的臉頰。

兩邊臉頰自然凹了下去，變成一張怪臉。有意思。

「噗！」

「大大這樣就叫作霸凌啦～～！」

玲菜「哼」一聲踹了我的小腿。

「——！」

我跪了下來，痛得臉都歪了。原本氣喘吁吁使得雄偉胸部劇烈起伏的玲菜就忽然垂下肩膀，失去了力氣。

「真受不了這個大大……」

「超痛的耶。」

「大大是自作自受。」

我不情願地認同是這樣沒錯。疼痛開始消退，我便拍掉膝蓋上的灰塵站了起來。

「唉，不過正如大大所說，假如是跟阿哲學長無關的事情，或許我就不會免費接案了。」

「畢竟你們很要好嘛。」

「倒不如說，阿哲學長對我有許多恩情。」

玲菜大概是在害臊，就把臉轉了過去並嘀咕：

「阿哲學長是個相當胡來，而且已經『偏離正道的人』。但是在我快走偏的時候，他會『從偏掉的地方偷偷扶持我，讓我走回原來的路』……我覺得阿哲學長就是這麼溫柔的人。」

＊

準備一切就緒了。那天放學以後，我待在體育館。

身為我的協助者，又是學生會副會長的惠須川同學說道：

「不好意思，羽毛球社，因為這相當於小規模的慶典。」

「不不不，反正有趣嘛，沒關係！」

羽毛球社社員退到牆際，一面望著球場一面愉快地談笑。

在那當中，也看得到黑羽正跟羽球社社長交談。

「志田同學，羽球社有保留妳的社籍，妳隨時都可以回來喔！」

「謝謝。還有，突然辦理休社，我很抱歉。」

「妳要去群青同盟，在所難免啊！我有看到妳的活躍，都紅到電視上了耶！」

「啊哈哈……好像是不知不覺中就變成那樣了……」

「有很多女生都想加入喔。哎，那裡是甲斐同學在掌管，要跟可知同學相處似乎也很辛苦，水準太高讓人跟不上也是個問題，所以大部分女生都裹足不前就是了。」

「啊～～……我不喜歡在報名入會這方面起爭執，所以都避免談這些的，對不起。」

觀賽者不知何時開始增加了。

跟我一起踏進體育館的黑羽、白草、真理愛當然不用說，我的粉絲團成員在惠須川同學安排下也全體到齊。成為群青同盟旗下組織的「不要同盟」和「絕滅會」也都到場了。

我正在做暖身操準備上場。雖然身上穿的仍是制服，鞋子到底是換成了體育館用的運動鞋。

相對地，喬治學長一如往常穿著印有真理愛大頭照的T恤，還搭配有著「我愛妹妹」字樣的頭巾。打扮像在挑戰底線的他正與動畫研究社的社員們確認羽球觸感。

「喂，你沒問題吧，末晴？」

哲彥用手肘對我頂了頂。我一邊繼續暖身一邊回答：

「沒問題啦。你見識過我的球技吧？看喬治學長那樣，怎麼都不像擅長運動啊。你倒是該坦率稱讚我促成用羽毛球比賽的局面啦。」

「嗯，老實說，你打得比我好是讓我嚇了一跳……」

剛才我跟哲彥試了玩票性質的對打。

結果是我大獲全勝。因為哲彥的運動神經相當出色，我幾乎沒有可以大幅贏過他的運動項目，這可說是稀奇的結果。

「我可是從國中時就陪小黑練習到現在，實在不會輸給生手啦。」

黑羽從國中就參加羽毛球社，一直以來陪她做的練習在此刻派上用場了。

哲彥交抱雙臂，微微偏了頭。

「這次的比賽跟之前不同，是一場分勝負吧？這讓我放不下心耶……」

這句吐槽我有模擬過。

我立刻反駁：

「誰害的啊。到目前為止，你已經玩了兩次賤招，才會讓對方有所警戒。」

「啊～～這倒也是。」

「所以才叫你誇獎巧妙促成這場穩贏的比賽的我啊。」

「哦～～……」

看來哲彥多少可以接受，卻沒有完全信服。這正是他棘手的地方，只要有一絲疑慮就不會放鬆戒心。

「還有，對方說你輸掉的時候就要『揭露你的祕密』是什麼意思？你搞了什麼才會讓條件變成這樣？」

「……我用來寫詩的手札被喬治學長撿去看了。」

「…………啥？」

「……我用來寫詩的手札被喬治學長撿去看了。」

因為這是重要的事情，我正色講了兩次，哲彥就眨了眨眼嘀咕：是喔……

「末晴，原來你有在寫那種東西喔。話說你怎麼會把那帶來學校？」

「有靈感時不記下來會忘記吧。」

「記那個用手機就夠了啊……不過，我大概知道事情經過了。撿到手札的喬治學長想公開你的詩，讓你的名聲下跌。因為他希望讓真理愛對你心冷，轉而當粉絲團的妹妹。但是即使喬治學長公開，你只要辯稱那是假造的便能開脫，所以他想用比賽來強迫你『揭露祕密』……逼你當場朗讀並承認寫詩手札的存在對吧？」

「嗯。」

觀望我們互動的喬治學長露出奸笑。很有反派架勢。

「所以嘍，你明白我去談這場比賽的理由了嗎？因為輸不得，交涉比賽項目之類的簡直讓我想破頭。」

「……哎，既然有這層因素就算啦。那你說群青同盟獲勝時，『真理愛的粉絲團就要加入群青同盟旗下』，為的是什麼？」

「重點是討回我的手札。但是把這點列為比賽理由的話，我有寫詩的事不就穿幫了？所以我才要他把比賽條件定成像現在這樣。坦白講，對喬治學長來說，加不加入群青同盟旗下似乎都無所謂。」

「哎～～他加入旗下的好處是便於接近真理愛，頂多這樣吧……」

說是這麼說，哲彥眼底正在發亮。

唔，這傢伙果然難纏……我明明準備了這麼多理由……不對，說不定就是理由充分才無法釋疑。

「既然都安排好處給你了，出狀況時要幫我喔。」

「……說真的，我不太有興致耶。」

大概是主導權並沒有握在手上的關係，不然就是還存著疑心，哲彥顯得有點意興闌珊。

但計畫仍未穿幫。穿幫的話，他不可能會在這裡。

有沒有人能幫忙轉移哲彥的注意力啊？我還是害怕給他思考的時間。

「大大還是一樣蠢耶。」

玲菜一手拿著攝影機過來搭話了。

「嗯，總之靜觀其變就好啦。反正大大打贏比賽的話，對阿哲學長來說算是賺到；萬一比賽輸掉，阿哲學長也不會吃到虧嘛。」

「……這倒也是。」

來自哲彥的精神壓力明顯降低了。

（嚇我一跳……）

我掩飾不了訝異。

原來哲彥對玲菜相當信賴，沒想到玲菜出面會讓他這麼輕易就退讓。

我正想偷偷用眼神對玲菜示意：「不好意思。」但就算是這種不經意的舉動，或許也會讓哲彥察覺有異樣，進而推敲出真相。

因此為避免激起哲彥的戒心，我盡快離開現場。

「那比賽差不多要開始嘍！」

當裁判的惠須川同學朝我們招了手。

「規則是單打，只比一局，搶二十一分。有丟士制，平手後差距拉開到兩分就分出勝負，有無異議？」

「沒。」

「ＯＫ。」

「這場比賽的結果，若是丸同學贏，『桃坂真理愛的粉絲團「大哥哥公會」就要加入群青同盟旗下』；若是喬治學長贏，『丸同學就要當場暴露自己的祕密』。雙方有無異議？」

「沒有問題。」

「無異議。」

「那就開始吧。猜拳決定發球方。」

猜拳以後，是我贏。我拿到了發球權。

我們各就各位，比賽開始。

「那麼，一局決勝，ＰＬＡＹ！」

「小晴，你可不能輸喔！」

「小末，加油！」

「末晴哥哥，奮鬥！」

「末晴寶貝加油～～！」

「喬治學長！請展現動畫研的底氣！」

熱烈的聲援、同伴們的加油，這些聲音交雜在一起，讓我精神抖擻。

「好！要去嘍，喬治學長！」

「放馬過來！」

我高高地發了球。

目標是讓球貼著底線觸地，最王道的戰法。盡可能讓對手遠離球網，製造不能隨便殺球的處境，再看對方要怎麼出手。

「發得不錯。」

喬治學長緊緊追上，打出了位於對角線上的高遠球。

——咻！

這種迸然而現的觸拍聲。光聽就曉得，喬治學長正如聲明，是個有經驗的選手。球的勁道、深度，兩者俱優。

要再回一顆高遠球觀望也是可以……但就算會失去一分，我還是想看看喬治學長的反應。

我用輕快的步法後退擺好架勢，將全身化為彈簧，直直地殺了球。

擊球聲像炸開一樣「砰！」地響起。軌道偏高，但是靠著下壓的體重，球速無可挑剔。

然而——

「控球不精。」

彷彿看透了我的動作而使出的吊球。

「！——」

由於我是從底線勉強殺球，網前空虛。下場是踏出一步時就知道來不及接，因此被對方漂亮地拿了一分。

「噢噢噢噢噢噢噢噢！」

「沒想到耶！他們兩個都很會打嘛！」

「猛喔，光看就覺得有趣！」

好像沒有人料到我們會好好地打這場比賽。觀眾一口氣興奮起來了。

「原來小末這麼會運動。」

「小晴的運動神經是不差，不過並沒有哲彥同學那麼好喔。比起力氣和速度，羽球更講技術。我可是從球拍的握法開始教他的。」

「畢竟末晴哥哥說他以前被迫陪黑羽學姊練過球嘛……」

喬治學長用球拍把球挑起，然後笑了笑。

「丸學弟，在下的實力，你懂了嗎？」

「是啊。老實說我小看學長了……」

被外表給騙了。即使喬治學長說他多少會打羽毛球，厚厚的眼鏡鏡片配奇特T恤，仍是一副光看就覺得宅氣沖天的模樣，使人不知不覺留下了不懂運動的刻板印象。

不過，我現在深切體會到看外表根本沒意義，心裡很痛快。

「別看我這樣，三年前我可是在約克郡大賽打進三十二強過喔。」

「完全聽不出厲不厲害耶……喂，末晴！你不是說可以輕鬆打贏？別輸掉啊！」

來自哲彥的打氣。

我豎起拇指，自信滿滿地告訴他：

「我還沒有拿出真本事！看著吧，接下來才是重頭戲！」

我切下腦內的開關。只要切下開關，我就能演任何角色。

沒錯，好戲接下來才要正式上場。

……後來我們展開了有進有退的攻防。

我進攻，喬治學長就防守，雙方互找破綻，並且都想靠拿捏精準的擊球從彼此手中得分。每當使出瞄準邊線的擊球或者帶角度的跳殺時，觀眾都會跟著激動，打球的我也就更加亢奮。

比賽來到折返點時，便看出彼此的實力。

我八成……比學長強一點。

雖然技術幾乎一樣好，喬治學長大概是因為隸屬於動畫研而缺乏體力。學長疲倦後擊球準度當然會下滑，到了中盤，我便領先他四分。

不過接下來就是我秀一手的時候了。

「唔——」

我一面打好比賽，一面也「拿出正逐步累積疲倦的演技」。

絕不會讓人看出有異。我始終都是用全力，我努力在比賽，有時更會撲球，但難免有些許失誤。可惜。還不能輸。

將舉手投足做到優美，演出一場讓人感到淋漓盡致的比賽，逐步支配現場氣氛。

「二〇—十九，比賽進入賽點！」

我被逼到絕路了，再失一分就會輸。

但是還沒完。這時候得分就可以打成丟士。贏球有必要連拿兩分，可以不畏失誤地進攻。

喬治學長發球。

球拍高舉……是假動作！

在擊中球的前一刻放輕力道，讓球落在前方，而且是落點絕妙的球路。

我立刻決定還手。

用假動作回敬假動作。我振臂假裝要把球打向深處……落點卻放在前方。

可是——

「我猜到你會這樣了，丸學弟。」

喬治學長擠出氣力上網接球。

球立刻帶著角度被擊回另一側落地——分數被學長拿下了。

「喬治學長取得賽點！」

「噢噢噢噢噢噢噢噢噢噢！」

體育館裡歡聲雷動。

我身體發軟而跪下。

「混帳！」

我始終用全力應戰，卻輸了。

「我就是這麼演的」。

「小晴……」

「小末……」

「末晴哥哥……」

沉默降臨在體育館。

與此同時，喬治學長來到我身邊……朝我伸出手。

「丸學弟，這是場精彩的比賽。」

「喬治學長……」

我回握對方的手，他就把我拉了起來。

「在下受到了感動。然後，這裡有個提議是……能不能讓在下的大哥哥公會，加入群青同盟旗下？」

「！」

體育館裡竄起鼓譟聲。

「其實在下從一開始就覺得要加入也可以。但是呢，我不打算加入軟腳蝦的旗下。既然這是場好比賽，我願意加入你們。你答應嗎？」

「喬治學長……謝謝你！」

我們倆熱情地擁抱。

以全力戰鬥並且相互認同，然後和解。

動人的一幕。

「不過，我還是要你遵守約定……『揭露自己的祕密』。」

「……我明白。」

來吧，最後的勝負。

為了抵達這一步才累積這麼多工夫。

「對不起，先讓我處理一件事就好……哲彥，我想跟你商量一下。」

「嗯？」

發展到這個局面——哲彥當然會認為我是要商量「要怎麼蒙混過去才能免於揭露祕密」。

但那是假動作，一切都是為了讓哲彥鬆懈。

怦通……怦通……！

每靠近哲彥一步，心跳就變大聲。

這並不是疲勞所致，是出自緊張感。

我大費周章做了這麼多安排，因此不能失手。

到目前為止，我有演得完美無缺的自信。

但對方是哲彥……「即使我演得完美無缺，他依然有可能比我更高招」。

逼近到只剩兩步的距離，我停下腳步。這是朋友的距離。

可是要冷不防吻他，必須更靠近。

接下來才是難關。

為此我備有一計。

「被人聽到就不好了。耳朵借我一下。」

這樣就算湊得更近，應該也不奇怪。

哲彥也點頭說了「好」。

搞定了。

然而我並沒有顯露出情緒，就把臉靠了過去——

「！」

只差一點就達陣時，哲彥睜大了眼睛。

不知道這是直覺，還是本能？看得出他在一瞬間察覺到有危險。

我並沒有失誤才對……可是……哲彥，你這傢伙依舊厲害得嚇人……

然而太晚了。普通人只會嚇得愣住，反應快的人也頂多擺架勢防範而已。

這樣就是我贏了。硬把頭抓住，直接給他親下去就好。

既然在這個距離之前都沒露出馬腳，可以說贏定了。

……如果對方不是哲彥的話。

「——！」

什麼……！

哲彥這傢伙，居然在瞬間跳開跟我保持距離——！

有如野獸的靈活身手。面對危機時，本能性產生的停頓幾乎為零。

就算是練武術的人也無法做到如此。凌駕人類本能的反應、速度、警覺性——這傢伙是怪物嗎……！

「哲彥，你……！」

「……喂，末晴……你剛才打算做什麼，喂……」

糟糕……這種眼神……哲彥完全視我為「敵人」了……

刺膚的強烈殺氣，簡直像接下來將有一場【死鬥】……

體育館一片悄然。

剛才被激烈比賽激起的熱情已經完全退燒，大家都對我跟哲彥之間的險惡氣氛閉上嘴巴，只能在旁觀望。

「講話啊，末晴……我先提醒你，注意發言……敢跟我鬼扯就試試看……到時候，小心我殺了你……」

「————」

所有人都講不出話了。

這大概是哲彥第一次在眾人面前露出真正發火的模樣。

玲菜將哲彥評為「於好於壞來說都不算普通人」，正如她所言。

普通人就算提到「殺」，終究只是「生氣得想殺人」的意思。

但哲彥不一樣。聽見的人應該都有同感。

——這傢伙是真的打算動手殺人。

從釋出的威迫感就能理解，所以每個人都怕得不敢說話。

可是我仍不退讓。

在這裡揭露計畫的話，一切都會泡湯。粉絲團將無望和平解散，我便收拾不了自己留下的殘局。對黑羽她們也過意不去，更會浪費惠須川同學、玲菜和喬治學長的協助。

要是低聲下氣，哲彥就吃定我了……如此感受到的我選擇跟他比嗆。

「我沒有要幹嘛啊。你才怎麼搞的，整個人突然往後跳。你在怕什麼？」

「啥？你說我怕？好好好，要比嗆是不是……你應該有心理準備了吧……」

哲彥釋出的殺氣增長，但我也不服輸地瞪了回去。

隨著緊張感升高，周圍開始嚷嚷起來。

「欸，笨渣搭檔現在是要內鬥嗎……？」

「真的假的……龍虎互搏耶……！」

「不會吧，他們兩個都變得好恐怖……」

「甲斐同學還可以理解，原來丸同學也有這一面……」

「喂，來開賭局吧？我押甲斐十圓。」

「現在哪是插賭的時候，找個人去叫老師過來會不會比較好……？」

當喧噪與動搖的情緒逐漸蔓延開來時——

「——蠢貨！」

有陣凜然的嗓音化成漣漪向外擴散。彷彿能讓整座體育館都找回冷靜的喝斥聲。

不用看也知道是來自誰的口中。在我們學校沒有人能將這句台詞說得比她更帥氣。

「你們都先冷靜下來。」

學生會副會長惠須川同學用冷靜與溫柔兼具的語氣安撫周遭動搖的情緒。

應該是因為大家對她夠信任，只見現場正逐漸恢復冷靜。

但是——

「喂，惠須川……妳別插手……信不信我宰了妳……」

「——！」

……惠須川同學畏縮了。我看得出這一點。

糟糕……「雙方高下已分」。走到這種局面，靠惠須川同學已經沒辦法勸阻哲彥。

原本將現場安撫下來的惠須川同學心生畏縮，簡直讓皮膚刺痛的緊張感就瞬間回歸了。

只是這也不能怪惠須川同學。就算她是練過劍道的女中豪傑，仍是一名女高中生。以往她應該沒有碰過這麼殺氣騰騰的對手，會怕可說是理所當然。

我能跟哲彥正面對峙，是因為以前有過被人用殺氣對待的經驗。

童星時期，我被人以嫉妒和殺氣對待過好幾次。

明明陪的是笑臉，眼裡卻訴說著要我死。跟那種恐懼是一樣的。

既然我曾靠著可以上電視的醒目職業獲得不小的成功，這種事就避無可避，所以我多少適應了。

我打算讓惠須川同學抽身，因而舉起手。

「惠須川同學，沒事的。這裡交給我。」

總不能再繼續依靠她。

但是惠須川同學撥開我的手，自己指頭還在發抖就向前踏出一步。

「丸同學……夠了。由我來告訴他們。」

我不懂這句話的意思，可是惠須川同學對我使了眼色，示意要我安靜。

當我猶豫該怎麼開口時，惠須川同學進一步向前並且環顧周遭，高聲做出宣言：

「——我跟丸同學正在交往————！」

……嗯？咦？現在是什麼情形？

惠須川同學？跟我？正在交往？

……奇怪？從什麼時候開始的？我沒聽說耶。

我完全莫名其妙，陷入了混亂。

然而這段期間，時光仍在流動。

寂靜化為漣漪擴散……話裡的含意慢慢滲透……經過幾秒就引爆開來了。

「咦咦咦咦咦咦咦咦咦咦咦咦咦！」

「真的假的～～～～～～！」

「可是個性正經的惠須川同學會說謊嗎……」

「這樣的話……志田同學呢……？」

「還有可知同學跟桃坂學妹怎麼辦……」

「這該不會是橫刀奪愛吧！」

「副會長之前還說，她當粉絲團團長是出於不得已……」

「她先假裝不感興趣，再接近丸同學……？」

「喂喂喂，真的嗎真的嗎！這下要怎麼收場！」

體育館裡像是有人捅了蜂窩一樣鬧得非同小可。

傳言和臆測如泡泡般浮現，隨後陸續消失。

「怎麼會……怎麼這樣……小惠……」

黑羽聲音發抖。

「唔，果然沒錯，我之前就認為那個副會長不對勁了……！」

白草勃然大怒。

「…………」

真理愛緘默，觀察周圍。

連剛剛那樣發火的哲彥都掩飾不了驚訝，睜大了眼睛，無法掌握狀況。

獨自保持冷靜的惠須川同學淡然說明：

「甲斐，我想你早就察覺到了，丸同學提到的那本寫詩手札是幌子。喬治學長逼他公開的祕密，就是跟我正在交往這件事。因為我跟丸同學牽手的時候偶然被學長看見了。」

「……哦。」

「剛才丸同學會靠近你，就是想偷偷告訴你這件事，希望你幫忙收拾場面。其實我認為丸同學輸的可能性是萬中無一，不過我有建議過他，假如輸了要記得向你求助。」

「……哎，假如喬治學長爆這種料，確實沒有人會信。而且考慮到真理愛的存在，他是有動機爆料吧……」

哲彥開始思索。

惠須川同學的震撼發言似乎讓哲彥拋開了怒氣。不過他或許仍然存疑，顯得有幾分警戒。

話雖如此，現在哲彥的事要先擱到後頭。

粉絲團的那些女生湧來我這裡，狀況不好了。

「末晴寶貝，這是怎麼回事！」

「丸哥，為什麼會變成這樣呢！」

「妳、妳們等一下！」

我拚命開口想勸阻她們，粉絲團女生點燃怒火以後的衝勁卻猛得擋不住。

可是惠須川同學的處境比我更糟。

「惠須川同學，為什麼！妳為什麼要做這種事！」

「這就是妳當團長的目的嗎！」

「叛徒！」

我跟惠須川同學並沒有交往。可是在不知道真相的粉絲團成員看來，被期待中立而擔任團長的惠須川同學應該就像叛徒一樣。

惠須川同學沉默不予反駁，獨自承受著她們的咒罵。

（這樣不行，惠須川同學……！）

拖到現在，我才理解惠須川同學的用意。

惠須川同學是判斷「由我跟哲彥接吻擺平這件事」的計畫已經不可能達成了。

當哲彥立刻躲開，還跟我搞到氣氛險惡時，惠須川同學便決定取消計畫。謊稱跟我正在交往應該是她的次善之策，只求成功解散粉絲團。

但這樣對惠須川同學的負擔太大了。

我推開粉絲團的女生，擠到惠須川同學面前。

「欸，等等！妳們誤解了！惠須川同學是因為——」

「不要緊，丸同學！我從以前就喜歡你了！」

明目張膽的告白讓周圍頓時噤聲。

「我是個叛徒，是個小人！我想接近丸同學才當了粉絲團的團長！這一點就算受到再多責備也無可奈何！」

厲害，「好逼真的演技」……當中有著連我都要受到吸引的魄力……不知道內情的女生聽見應該會認為她說的是真相吧……

「過分！」

「為什麼妳做得出這麼過分的事情！」

面對惠須川同學的逼真告白，她們的反應當然是一陣臭罵。

可是——這樣不行！

惠須川同學……那是我要承擔的罪過……不是妳該承擔的……！

「住口！妳們不要罵惠須川同學！」

我擠進她們雙方之間，挺身袒護惠須川同學。

粉絲團的那些女生目瞪口呆，看著我的眼神逐漸變得嚴肅。

（……已經夠了。我就算被討厭也無所謂。）

我沒辦法繼續坐視。惠須川同學遭到怪罪是不對的。

（與其讓惠須川同學當壞人……我寧願毀掉這個計畫。）

不可以讓善良的人不幸。唯有這點絕對沒錯。

——好，我做出覺悟了。上吧，跟她們把話說清楚。

就在我如此心想，還張大了嘴巴的時候。

「借過借過～～麻煩各位讓一讓喲～～」

有陣軟軟的說話聲傳到了耳裡。

出現在粉絲團女生之間的是聲音的主人玲菜……還有被玲菜從背後推著的哲彥。

「不好意思喲，各位同學……來吧，阿哲學長，你剛才那樣發飆不行啦。既然已經知道是誤會，起碼要跟大家說聲抱歉，這是做人應當要有的道理啊。」

哲彥被玲菜推出來，來到我的旁邊。

他轉開視線，一副不情願的樣子。應該是被玲菜說服的，不想道歉的心思一目瞭然。

即使如此，哲彥似乎覺得姑且有必要道歉。假如他認為根本沒必要，應該會連到我旁邊都不肯。

「來吧，阿哲學長，早點跟大家開口。」

「妳別推啦。」

目前我這邊有粉絲團的女生們湧來，組成了一面人牆。玲菜卻推著哲彥的背，讓他可以過來跟我對話。

道歉真的不合哲彥的性子吧，他變得手足無措。

然而這時候，我看見了在哲彥背後眨眼的玲菜。

……我懂了！

靈光乍現。

現在哲彥跟我的距離和剛才靠過去時差不多。

可是他把視線從我面前轉開。

何況背後還有玲菜在推，逃也逃不掉。

沒錯，趁現在的話——

我就可以執行剛才無疾而終的計畫——

千載難逢的好機會。巧的是大家的目光都聚集在我們這裡。

這是玲菜不忍看惠須川同學挨罵才提供的最佳支援。

（這算一次妙傳，玲菜。我會把事情搞定——）

我做出覺悟靠近哲彥以後，就用雙手牢牢固定住他的頭。

「嗯？」

哲彥想逃，卻為時已晚。頭被抱著的狀態下逃不掉。

——你鬆懈了，哲彥。是你輸了。

接著我使勁把哲彥的臉扳向正面————————————————強吻了哲彥的嘴唇。

——嗯啾～～～～～～～！

彷彿親到發出聲音的熱吻。

「……咦？」

「……啥？」

「……咦？」

「……噫！」

用啞口無言這句話來形容應該正確。所有人都發不出聲音。

起初也有人沒發現，但是大家都盯著我們不放，有人拉了旁邊的人的袖子，有人用手指向我們，藉此表達有驚人的光景出現在眼前。

為了讓周圍的人統統看見，我吻了足足五秒鐘不放。這是為了避免都沒有人在看，吻了也是白吻的情形。

我移開嘴脣後，就張開雙臂高聲宣言。

「這才是真正的祕密！」

沒有得到反應。所有人都嚇傻了，還露出彷彿失了魂的表情。

趁這個機會，我一鼓作氣說起內情。

「惠須川同學知道我的祕密，才會幫忙掩護！但是我看不下去她被責怪的樣子了！所以我要老實說出來！我的真命天子是『哲彥』！」

來吧，補上臨門一腳。

這臨門一腳是朱音傳授給我的「咒語」。

用這句話封住大家的嘴就結束了。

我大大地吸了一口氣，然後傾全力朝天花板大喊：

「──『請你們體諒我』～～～～～～──────！」

體育館被寂靜包圍。

「…………」

「…………」

「…………」

「…………」

「…………」

黑羽、白草、真理愛自然不用說，從各粉絲團、羽球社到湊熱鬧的圍觀群眾，都因為狀況誇張過頭，陷入了短暫的時光凍結。

「「「咦咦咦咦咦咦咦咦咦咦咦咦咦咦咦咦咦咦咦咦咦咦──！」」」

隨後時間開始流逝。

怒吼、尖叫、呼天搶地。

體育館呈現一片堪稱地獄的景象。

誇張的狀況讓哲彥翻白眼昏倒了。

惠須川同學嘆氣；玲菜沒好氣地瞟著我，露出傻眼的表情；頂多只有喬治學長還笑咪咪的。

「原來是這樣……哎喲～～！小晴，你又胡來了……」

「人家原本就覺得當中有內情……這種演技還有執行力……真不愧是末晴哥哥……」

「嗚嗚！雖然我知道含意了，但我不想看到小末這樣……」

發展到這個局面，黑羽、白草、真理愛似乎都察覺內情了，卻難免擺出不敢領教的態度。

「末、末晴寶貝……」

「怎、怎麼會……丸學長……」

而我的粉絲團那些女生——都只顯得愕然無語。

「來啦～～～～～～！沒想到會演變成末×哲！我原本的本命ＣＰ是哲×末，不過這樣也可以——！」

有一部分女生情緒很激動，但我根本沒力氣應付。

「啊哈，哈哈，哈哈哈……」

我雙膝發軟，無力地跪倒。

只有這個解決方法，我並不後悔。話雖如此……
面對自己搞出大烏龍的事實，我只能乾笑了。

終章

＊

我輸掉跟喬治學長的比賽，結果為了履行「揭露祕密」的約定，我跟哲彥接吻——這場騷動通稱「體諒我，群青」事件。以此為契機，在穗積野高中掀起了一陣「體諒潮」。

「喂，你預習數學II了嗎？」

「體諒我。」

「這樣啊……」

「欸欸欸，昨天妳是不是跟A班的佐藤同學走在一起？」

「抱歉……體諒我。」

「啊，對喔。我才應該道歉呢。」

學校裡開始流行這樣的互動。

「好想死……」

我趴在桌上。

經過一天應該會稍微降溫吧……我原本是這麼想，然而完全沒這種事。

無論我到哪裡都有視線聚集而來，還在背後指指點點——卻沒人敢找我講話。

換句話說，他們在「體諒」我。

「唔唔唔唔唔唔唔唔唔……」

混帳東西，我多喜歡女生啊……你們能體諒就要體諒到這一層啊……

雖然那是情非得已的手段，強大的反作用力差點讓我魂都飛了。

「嗨，姓丸的！」

「呵……」

突然來找我的人是小熊和那波。

小熊不顧悶熱地用肌肉隆起的手臂搭我的肩膀，然後豪邁地「嘎哈哈哈」笑了出來。

「哎呀～～我之前誤會你了！」

「那是我要說的台詞。我敢肯定你絕對有誤解就是了。」

「算啦，別多說！反正我懂啦！」

不，你說這話就是不懂。

我想這麼吐槽，卻又不能阻擋當前形勢，只好忍下內心的吶喊。

「不過，原來是這樣啊。難怪你跟志田同學感情那麼好也還是沒有湊成一對，哈哈哈！」

「我總算理解，為什麼以往你未曾染指那麼有魅力的可知白草了……我差勁的眼力居然一直沒有看透真相，實在汗顏……對不起……」

「一開始就說清楚的話，我們都能早點跟你變朋友嘛！太見外了！」

「呵！真是……」

今天一整天，男生們待我格外好。平時會對我一舉手一投足感到憤怒、加以詛咒，並且不知道從何處弄來球棒的那些傢伙，態度都變了。

我用HOTLINE試著問玲菜當中有什麼理由，她的說法是：「大大以前被當成很有女人緣，但現在流傳的共識是覺得大大跟女生要好純屬偽裝，阿哲學長才是真命天子，因此就被男生排除在嫉妒的對象之外了。」

什麼分析啊。聽了很想死耶。

「咦，對了，甲斐人呢？」

小熊東張西望環顧教室。

「那傢伙上完第二節課就翹掉了。」

哲彥對自己成為話題人物感到厭煩，便早早回家了。

混帳，假如老師不會向家長報告，坦白講我也想翹課！

「是喔，我本來也打算請客招待他的……」

「什麼請客？」

「哎，我跟那波聊到要請你們吃個牛丼當作出櫃的記念。畢竟人只要吃了飯就會有元氣，以後我們就好好相處吧！」

那波點頭贊同。

前陣子有十天左右，我都被女生的可愛笑容和鶯聲燕語包圍著。

可是——現在卻只覺得悶到極點。

這是我自己決定做的事，所以我甘於承受結果，但……

「唔唔唔唔唔唔唔，這叫我如何是好啊～～～～！」

我抱著頭打滾。

「姓丸的，那我們就到車站前吧！」

「呵！是啊……」

唉～～多麼令人煩悶……

被女生包圍走在澀谷街上的光輝日子，已經回不去了……

一想到就覺得難過，憤怒隨之湧上——我看開了。

「混帳～～～～既然這樣我要拚命狂吃～～～～！小熊！那波！你們有準備錢吧？我要吃到肚子撐爆～～～～！」

「噢！你氣勢十足耶！」

「呵！走吧……」

三個男生就這樣出發到車站前。

後來過了兩小時——目前，我一個人待在附近的公園長椅休息。

小熊和那波請客讓我吃東西發洩是不錯，肚子卻吃得太漲，導致我昏昏沉沉。我已經跟他們倆道別並踏上歸途，但在公園附近就迎來了極限。

當我心想只能等胃袋多消化一會兒的時候。

「……小晴？」

穿便服的黑羽路過。

黑羽一發現我，就把手湊在胸前露出放心似的表情。

「太好了，沒有發生奇怪的狀況。」

「什麼叫奇怪的狀況啊……」

「因為我接到消息說你跟小熊同學、那波同學去吃東西發洩了。而且我傳HOTLINE給你，你也都沒有回覆。」

拿手機一看……真的耶。黑羽傳了訊息過來，單純是我沒察覺而已。

我心裡覺得尷尬，就對她逞強。

「抱歉讓妳擔心，我只是稍微吃過頭罷了，放著不管也沒事啦……唔！」

話說到一半，胃裡頭的東西差點逆流。

黑羽瞇起眼睛，坐到我的旁邊。

「所以呢，你跑去吃東西發洩的理由是什麼？哎，我曉得是『體諒我，群青』事情造成的，但是基本上，你為什麼會做出那種事情呢？大姊姊希望聽你親口說明耶。」

不只黑羽，我從昨天就接到來自白草和真理愛的聯絡，她們都希望我交代詳情。

可是我將手機關機，弄到最後都在靠電玩逃避現實，門鈴響了也都不理。因此黑羽也就不曉得這件事的內情。

老實說，我是想解釋理由……又似乎不太想……有這種矛盾的心理。說成自暴自棄或許就對了。

只是，我一向拗不過進入熱心大姊姊模式的黑羽。

所以我決定認命告訴她。

「……小黑，因為妳向我告白，走進了『青梅女友』的關係，我卻因為有了粉絲團就樂得飄飄然……經過一段時間冷靜以後，我發現自己做了對妳非常沒禮貌的事……所以我覺得必須自己解決這個問題，就找朱音幫忙想出能巧妙解散粉絲團的方法，還請玲菜、惠須川同學和喬治學長協助我執行……」

我越講越覺得丟臉，內心滿是對黑羽的愧疚。

黑羽手湊到額頭，大大地嘆了口氣。

「哎喲～～！你真的很笨耶……」

「唔唔……誰教我……」

「小晴，你發現得太慢了。」

黑羽簡短說道，並且噘起嘴。

「雖然我說過自己相信你──還是會擔心啊。」

她鬧脾氣的臉龐可愛到不行。

只不過，我心裡湧上了比挨罵時更強的罪惡感。

「──非常抱歉～～～～！」

我在公園的長椅前下跪賠罪。

從不遠處傳來「媽媽～～那個大哥哥在做什麼～～」「噓，不可以看那邊。」這樣的對話聲。啊～～啊～～我什麼都聽不見～～

「我原諒你。」

黑羽深深嘆氣以後牽我站了起來。

「你肯自付代價展現出誠意，這一點我給予肯定。」

「小黑……」

「不過我可以加一個條件嗎？」

「什麼條件？」

「這週六，跟我約會。當然要瞞著可知同學和小桃學妹。」

「我了解了……」

總覺得我好像逐漸被調教了……

雖然我這麼想，仔細思考又覺得我們似乎原本就是這樣的關係。

狂吃發洩的隔天放學後，惠須川同學在中庭正式向我宣布粉絲團解散了。

「丸同學，大家體諒你的心情，認為粉絲團本身會對你造成困擾，所以都同意解散了。」

「了解……幸好都有照規劃走……」

我處於身體強烈不適的狀態。胃腸狀況欠佳導致食慾不振，落得連午餐都沒有吃的下場。

原因是昨天吃過頭了，還有——精神的疲勞。

「體諒潮」何止看不出結束的跡象，還一直在擴大。事情到底沒有拍成影片公開，風聲卻傳遍了學校裡各個角落。

該怎麼說呢，我在心境上有種槁木死灰的感覺。

「說到這件事，惠須川同學，雖然致謝已經嫌晚了，我還是要感謝妳當時挺身袒護我。」

「袒護？」

「就是計畫差點失敗時，妳謊稱跟我在交往啊。」

「噢。」

惠須川同學搔了搔臉頰。一向直爽的她難得露出尷尬表情。

「沒關係，這不值得你致謝。」

「要啦。妳本來是想自己一個人全部扛下來把問題解決吧？」

「呃，沒到那種地步……」

「尤其妳還做了『逼真的告白』，我覺得很過意不去……」

「…………」

奇怪，惠須川同學的表情好像變嚴肅了……

「有沒有人對妳的告白信以為真啊？袒護我是不是對妳造成了困擾？」

「困擾是沒有，但現在多少有些不愉快。」

「為什麼啦！」

我忍不住吐槽，卻因為身體狀況欠佳而站不穩。

「你的臉色很糟喔。先坐著吧。」

「抱歉。」

我接受她的美意，在中庭的長椅上坐下來。

惠須川同學看起來就氣力十足。大概是因為這樣，站到我面前的她並沒有要坐下的跡象。

「出這種狀況，也難怪你的身體狀況會不好……沒事吧？」

「畢竟有事先覺悟，比起告白祭之後像樣多了……我是要求自己這麼想……」

「對知道所有事由的我來說，胡來歸胡來，你到最後還是自力收拾了殘局，我覺得這是個有男子氣概的解決方法。」

話說完，惠須川同學從包包裡拿出調節營養的果凍食品。

「這是我的隱藏口糧。吃吧。」

「可以嗎？話說隱藏口糧是什麼意思？」

「我在練完社團或忙完學生會事務以後，無論如何都會餓的時候就會拿這種好藏的口糧來吃。為了靠低熱量換取飽足感，我都是吃果凍，不過對現在的你來說應該剛剛好吧。」

「哎呀～～感謝。中午我幾乎都沒吃東西……不過肚子難免會餓……得救了……」

「感覺這原本是志田要負責的差事，她不在嗎？」

「啊～～……剛才小桃跑進我們教室，我跟小黑這週六要出去玩的事情就在不知不覺中洩露了。現在她們加上小白，三個人不知道去了哪裡……」

「嗯，很像她們的作風。」

我把果凍吞進胃裡後，惠須川同學就端正姿勢。

「對了。粉絲團就此解散，我身為團長的職責也結束，算是履行了你委託協助的事才對。」

「對啊，真的謝謝妳。能順利解決都是託妳的福。」

「那麼，關於報酬這方面。」

「……原來妳記得啊。」

我咂嘴並轉開視線。

「喂，你剛才是不是有咂嘴？」

「沒有啊。」

「別刻意撒謊…………末晴。」

「……嗯？」

對方很順口地叫了我的名字，讓我為之瞠目。

「惠須川同學，剛才，妳是用名字稱呼我？」

「不、不行嗎，蠢貨！」

惠須川同學驚慌的模樣，我或許是第一次看見。

「不不不，我沒有說不行，應該算嚇到吧。因為妳行事非常拘謹，我都沒有聽妳直呼別人名字的印象。」

惠須川同學交抱手臂，打從心裡感到不滿似的氣沖沖說道：

「我也是女高中生，雖然以往都沒有交過男性的朋友，還是有想過差不多可以試著跟一兩個男生好好相處了。」

「唔喔，沒想到妳會這麼說。」

真意外。英氣凜然，而且有練劍道，像風紀股長一樣的學生會副會長。

感覺她會認定談男女感情是軟弱之人才會做的事，現在卻聽她表示想交男性朋友，太令人意外了。

「囉嗦。別對我出意見。」

「……嗯？難道說，這就是妳要的報酬……？」

「遲鈍的傢伙。正是這麼一回事。」

希望把我當成男性的朋友好好相處——這就是惠須川同學要的報酬？

……那我當然沒辦法一下子就察覺吧。

不過，理解對方的意思以後，如今我體會最深的情緒是「榮幸」。

為了替她的這份好意增色，我從以往演過的人物當中想像了一名最有禮節的角色，朝她屈膝行禮。

「我很榮幸，大小姐。不嫌棄的話，敢問我是否也能以名字稱呼妳？」

「你在愚弄我嗎？」

我的小指關節被她稍微施力扣住了。對不起。

經我拚命解釋自己並不是在愚弄她，她才總算放開手。

我領悟到自己用錯了方法，便改口重說：

「那麼，往後還請多多指教。呃，橙、橙……」

「我叫橙花。」

有利刃出鞘般的殺氣直指而來。

我只好笑著敷衍。

「啊哈哈哈！我知道啦！我本來就記得！橙花！」

「……騙誰啊。」

「哎呀～～有學生會副會長當朋友，真是可靠～～」

「少講肉麻話。還有你犯校規要節制一點。」

「朋友在這部分能不能享有偷偷縱容的特權……」

「正因為是朋友才要嚴格取締，這就是我的態度。」

「……我會注意的。」

橙花朝我伸出手，彷彿在說：來，這是確認友誼的固定儀式吧。

這種粗枝大葉的調調很像她的作風，我忍不住笑了出來。

「有什麼好笑？」

「呃，沒有。」

「我不喜歡被人消遣。」

「真巧，我也是。」

「既然如此，你就別做出會讓自己變成消遣對象的行為……」

「這我辦不到，因為我遠比妳想像的還笨。」

我抬頭挺胸用拇指指向自己，橙花就傻眼似的嘆了氣，然後放手。

交到了可靠的朋友。這位朋友有大姊姊般的溫柔，卻跟黑羽不同，會從更高的位置給予關照……她讓我有這樣的安心感。

橙花似乎想到了什麼，轉過身背對我。

「不值一提的初戀，是嗎？」

「……嗯？妳剛才說什麼？」
「對缺乏勇氣的我來說，這樣算很努力了吧……」
「橙花？」
「沒什麼。」
橙花轉身面對我。
此時橙花露出的笑容，簡直開朗溫暖得讓我無法想像那是總對人擺著臉色的她會有的表情。
「橙花，妳平時都這麼笑比較好。」
「……嗯？」
「我覺得會比毅然的表情更可愛迷人。」
「──！」
這是我打從心裡的想法，而非客套話。因為已經把對方劃進朋友的界線，我才能夠隨意說出口。
橙花滿臉通紅，然後對我擺出跟鬼一樣的凶悍面容。
「！──蠢貨！」
「妳為什麼要發飆啊！我明明在誇獎妳！」
「蠢貨！呆子！糊塗蟲！我都已經做出了結──這樣到底要我怎麼面對剛才做的決斷──」

「妳在講什麼？」

「反正你道歉就對了！」

話說完，我的指關節又被她扣住了。

「痛痛痛！對不起對不起對不起——！」

「……哼，那就這樣放過你。」

「明明變成朋友了，為什麼妳比以前更有攻擊性啊……」

「你可以問問看自己的良心。」

有些使壞的笑容有違她的作風。那醞釀出親切可愛感，使得等身大的女高中生綻放出在過去受「秩序」壓抑的光彩。

開始叫對方的名字才讓我發現。

沒錯，她名叫橙花。

她最適合在橙色的夕陽下露出花一般的微笑。

＊

另一方面，阿部這時正站在某間店家的門前。

爵士咖啡廳&酒吧「smoking gun」。

位於紅燈區大廈的地下一樓，店名只寫在入住大廈的商家一覽表，因此從外頭別說看不見招牌，連是否有營業都不清楚。

光是如此就能感受到店主有多古怪，走下階梯一瞧，有道莊嚴沉重的木門，彷彿在說本店不歡迎未經介紹的客人。

「不要緊吧……」

踏進店裡的結果該不會是捲入不可告人的買賣，還被彪形大漢扣留並要求支付天價贖款吧。凶險的氣息讓人可以輕易聯想到這些。

阿部將手機解鎖，再次確認地圖和店名。

……是這裡沒錯。那就只能進去了。

阿部下定決心打開門。

「……歡迎。」

待在吧台的蓄鬍店主發出低沉嗓音招呼。不愧是兼當酒吧的咖啡廳，酒瓶陳列成排，店主的氣質也明顯屬於夜生活人種。

阿部自覺本身與環境並不搭調而受到動搖，但姑且還是一面走向吧台一面環顧店內。

擺設於牆際的高級喇叭播著爵士樂。

可容納的客人數目頂多二十左右，桌子也只有四張。然而家具全都美觀雅致，品味統一。位於內側的空白場地應該是留給現場演奏用的，不難想像晚上靠節約照明就能讓店內充滿氣氛。

（——找到了。）

店裡獨自占領最內側席位的唯一一名客人。

阿部打消了坐吧檯的念頭，還去找那一桌的客人攀談。

「我可以坐這裡嗎，甲斐同學？」

「……啥？」

原本面朝筆記型電腦專注心思的哲彥抬起臉——然後擺出無比排斥的表情。

「呃！學長怎麼會找到這裡……」

「你從昨天就一直曠課，我才努力查出來的。」

「我懂了，是玲菜洩漏的吧。那女的……」

哲彥咬牙切齒。

阿部察覺有危險，便決定說明其中的經過。

「先聲明，這跟淺黃學妹無關。我是找你國中時的同學打聽，就有人告訴我這個地方了。」

「我看是那些人吧，哲彥。你讀國中時，不是耍帥帶了幾個女生來過店裡？應該是其中有人透了口風。」

店主的吐槽讓哲彥咂嘴。

店主猜對了。

不過更讓阿部在意的是，店主與哲彥之間的親暱氣氛。

「能不能……讓我請教大名？」

阿部被店主這麼一問，一瞬間無法反應過來，不自覺就猶豫了。

哲彥抓住這短暫的空檔插話堵阿部的嘴。

「問這幹嘛？反正這傢伙立刻就要走了。應該說，我會趕他走。」

「對方好不容易找來這裡，身為你的叔叔，我倒認為招待他才合乎禮數。」

叔叔？

（原來如此……）

阿部釋然了。

年紀有如此的差距，交談口吻卻沒有分尊長，還在讀高中卻是爵士咖啡廳的常客，這些疑問都可以藉「叔叔」一詞冰釋。

阿部有禮地低頭行禮。

「我叫阿部充，論輩分是他的學長。」

「我是甲斐清彥，你要怎麼稱呼都可以，不過在這裡的人大多叫我店主。總之先坐吧。昨天進貨有不錯的咖啡豆，我請你喝一杯自豪的特調咖啡。」

「叔叔，跟你說過不用了！」

哲彥勃然大怒，店主卻絲毫不動眉頭。該說他已經習慣……或者修養高了一兩個層次……大人的從容就是厲害。

店主無視哲彥的抵抗，還催促阿部坐下。

阿部點頭，並且在哲彥對面坐了下來。

「學長，之前我可是對你施暴過耶。你卻帶著笑容跑來，這算什麼意思？我自認為那樣就算跟你斷絕來往了。」

「啊，那一次嗎？」

阿部觸怒了哲彥，被他掄向牆壁。

確實令人驚訝，也有感到恐懼。

然而阿部同時也直覺認為就此退縮的話，雙方將一輩子都沒有交集。

假如哲彥單純是個暴力的人，阿部應該不會希望再跟他見面。

但並非如此，當時哲彥只是因為有理由才忍不住變得暴力。這很明顯。

是阿部自己誤判了深入的方式。每個人都有不想被觸及的部分，他不慎踏進哲彥的那一塊地方了。原本必須等彼此關係更要好，才可以更慎重地談及那個話題。

「我呢，是打算仿效志田學妹的做法。」

那要怎麼做才能跟哲彥變得更要好？怎麼做才能更慎重地觸及那個話題？

坦白講，根本沒什麼好方法。因為哲彥並不希望跟他人變得要好，他根本沒打算讓任何人踏進那塊重要的領域。

既然如此，阿部決定試著抱持摧毀一切的覺悟，再三挑戰對方的心理防線。

沒錯，就像黑羽那樣。

「仔細想想呢，即使惹你發飆，法律也沒有規定我就不能再來找你。放著你不管，你就不會說任何話吧？所以嘍，我覺得死纏爛打好像也是個辦法。」

「學長知道那叫什麼嗎？」

「嗯～～跟蹤狂？」

「你這不就知道嗎？」

「我只是覺得你應該會這麼說。光是碰面閒話家常，要當成跟蹤狂報案感覺有困難喔。」

「我就是知道這一點才火大。」

「那真遺憾。我明明聊得很開心。」

「看來是你輸了。」

店主將飄著苦澀香味的咖啡擺上桌。

「欸，叔叔！你站在哪一邊啊！」

「我還想聽你這個學長多聊幾句，所以算站在他那邊。」

「混帳。」

哲彥完全鬧起脾氣。他把腿擱到旁邊座位，用這種要是有其他客人就根本不合乎禮儀的舉動來表示拒絕之意。

阿部輕鬆忽略對方的無禮，享受過特調咖啡的香味後才緩緩端起杯子就口。苦味於舌面擴散，再通過鼻腔，讓他再次享受到深刻的芳郁。

「咖啡很美味。謝謝你。」

「那太好了。」

「…………」

哲彥似乎對阿部特地坐到對面卻不找自己搭話感到不爽。

阿部帶著笑容望著他那副模樣。

「學長，這算哪招？你特地找來這裡，是在搞什麼？」

「咦？但是我已經達成目的了啊。」

「啥？達成？哪有？」

阿部一面享用特調咖啡一面說明。

「我來這裡有兩個理由，一是修復跟你的關係。透過剛才的對話，我覺得多少算達成了。」

「哪有。」

「哎，照這種調調看來，即使我在學校又找你講話，也不至於被你無視吧。當然你八成會擺臉色給我看，反正每次都這樣，我用不著介意吧？」

「喂，那是你該介意的啦。」

「店主，你這位姪子從以前個性就這麼彆扭嗎？」

「對，他從以前就這樣。」

「欸！」

「那真辛苦。」

「哎，算可愛的啦。」

阿部對哲彥投以爽朗微笑。

「太好了，甲斐學弟，你有一位胸襟開闊的叔叔。我認為你該感激自己有位好叔叔喔。」

「哲彥，這學長說了句好話，你可要感謝他。」

「唉～～」

哲彥將手肘拄在桌面，彷彿聊不下去地搔了頭。

「我不問的話，學長似乎也不會回去，只好問一問了事。學長來這裡的另一個目的是？」

「啊，這個嘛，我想看看你的臉。所以這也已經達成了。」

「啥？」

「畢竟這次用不著跟你一起分析，白草學妹、志田學妹、桃坂學妹都沒有輸或贏，頂多算是平手吧。唉，聽白草說完一連串的經過以後，我倒有點好奇『惠須川學妹的真正心意』……可是以現況來講，她又不到能跟白草學妹等人相提並論的等級……我想就不用針對她談勝敗了。反而是聽說丸學弟的計畫找了志田學妹的妹妹朱音構思原案，讓我滿想找對方聊聊。」

「……所以呢？」

「這麼一來，剩下的就是丸學弟和你。丸學弟固然輸了，卻也可以說他『將身邊環境做了整理』，所以校內對他的評價扶搖直上……簡直到了誇張的地步，不過從整體看來，我認為將他評為小輸也無妨。然而，儘管你得到了招納旗下組織之利，現狀恐怕是完全出乎你的意料。換句話說，『你算慘敗得體無完膚對吧』？」

哲彥頻頻顫抖，而阿部對他露出了和氣的微笑。

「原本你一路贏到了現在，就我所知，這次是你首度大敗，所以我才想來看看你的臉。這樣你懂了嗎？」

「滾出去，你這臭傢伙～～～～！」

＊

哲彥硬是把阿部趕走以後，便關門上鎖，接著才總算大嘆一聲。

「那傢伙……」

「挺有趣的學長嘛。」

叔叔被哲彥瞪了，卻絲毫不改表情，只顧擦著咖啡杯。

「你來過店裡的朋友當中，以男的來說，那個學長算是頭一人。」

「不，他才不是我的朋友。」

「跟外人也能放開來像那樣鬥嘴還比較讓人覺得恐怖吧。」

哲彥揪住眉心，回到原本的座位。

「你為什麼對他排斥成那樣？」

「我就是討厭大少爺。重要的是，沒情報進來嗎？像上次有人通風報信說『那個混球好像準備針對末晴的往事展開攻擊』那樣的消息。」

假如沒有叔叔事先提供的這項消息，紀錄片開拍與壓下媒體肯定就晚了幾天。

一旦被週刊雜誌報導，正常都會淪為談話節目的絕佳題材。雖然以結果來說是順利控制住了，實際上仍算千鈞一髮。

「不然這項消息，你覺得怎麼樣？」

哲彥的筆記型電腦出現有郵件寄達的圖示。

打開一看，信是叔叔寄的，只附了圖檔而無正文。

「……！」

內容是向記者發表的新聞稿。

【關於阿波羅藝能經紀公司與赫迪經紀公司的業務合作】。

哲彥逐行讀過文稿，也就跟著理解事態了。

「提到阿波羅藝能經紀公司，應該算業界龍頭之一吧。」

「以音樂領域或許可稱第一。反過來說，演員方面是弱項……尤以童星顯著。從這個層面而言，赫迪經紀公司培育出丸末晴和桃坂真理愛的人脈以及經驗，阿波羅藝能經紀公司應該都會想要。這屬於能互補長短的理想業務合作。」

「但我說啊，叔叔，那是做表面工夫吧？」

哲彥的口氣像在抨擊，叔叔的表情卻還是不變。

「說說你的推論。」

「畢竟要提到阿波羅藝能經紀公司，就是『那個混球原本任職的公司』。」

赫迪．瞬大學畢業以後是到阿波羅藝能經紀公司就職，而非自己母親經營的赫迪經紀公司。他要在業界居龍頭地位的藝能經紀公司建立人脈，並且學習經驗足至獨當一面，才回來繼承家業。這種做法，即使在一般公司也很常見。

赫迪．瞬在阿波羅演藝經紀公司展露頭角，工作績效堪稱王牌之一。他發掘出許多偶像與歌手，進而讓他們真正走紅。

然而在去年，經營赫迪經紀公司的女中豪傑妮娜．赫迪身體狀況欠安。

妮娜．赫迪與赫迪．瞬的母子關係幾乎接近斷絕狀態，可是除了赫迪．瞬以外，無人能繼承其事業。

為此，赫迪．瞬辭去阿波羅藝能經紀公司的工作，在赫迪經紀公司就任董事長，乃至今日。

「既然如此，這項合作就不是這一兩天才談成的事情。要說的話，應該在他去年從阿波羅藝能經紀公司辭職時就談妥了吧？」

「有可能。實際上，傳聞赫迪．瞬在就任赫迪經紀公司的董事長之際，就有獲得來自阿波羅藝能經紀公司的支援。」

「假如這項傳聞屬實，表示原本被視為名正言順接手的家業，其實是他把母親掃地出門搶來的嘍？」

「也有這種可能。」

「這就表示之前都相當於玩玩而已。他接下來才要認真出手。」

叔叔靜靜地點了頭，並以嚴肅口吻說道：

「因此，我想接下來將會有最強的敵人擋在你們面前。」

「最強的敵人……？難道說……！」

「應該就是你猜的那樣。赫迪・瞬培育出的最高傑作……她好像老早就表示過希望赫迪・瞬能回歸製作人之職。黃金搭檔恐怕會在這項合作案復活。」

「真的假的……」

哲彥擦去額頭的汗水。

「還有一件事。這同樣是壞消息。」

叔叔將照片擺到吧檯上。

哲彥疑惑那會是什麼，看了才發現照片中是一對中年男女。

沒看過的面孔……但好像似曾相識？

「這兩個人是誰？」

「桃坂真理愛的父母。」

「！——」

真理愛過去讀小學的時候，就被國中剛畢業的姊姊帶著逃離了父母身邊。

難道說，這對父母到現在又冒出來了嗎……？

叔叔淡然說道：

「哲彥，保護桃坂真理愛。下一個會成為目標的——是她。」

後記

大家好，我是二丸！

呃～～這一集上市的時候，應該就有發表關於青梅不輸的大消息了……我是這麼聽說的，但是在寫這篇文章的當下，我被交代最好還不要在後記提及這件事……所以我打算在第6集再提！

因此，能在這裡公開的情報是青梅不輸第6集＆漫畫版第2集發售時的特裝版贈品，已經決定是廣播劇ＣＤ了！

好耶～～～～！這是第一次出廣播劇ＣＤ～～～～！

小說與漫畫都各附廣播劇ＣＤ，因此有兩種！請不要弄錯了！

我不清楚內容是否可以寫在這裡，只好避免明講，但我覺得劇情大概可以介紹成：「哦～～原來如此原來如此，從這個切入點來講故事啊。」差不多是這樣。

感覺青梅不輸的各項企畫越來越快敲定，我開始不知道要講什麼才好了……目前是有這樣的狀況，不過我也想盡早跟大家分享！

周邊商品也製作了許多種類，由於獲得好評，還會進一步擴展範圍！黑羽的等身大（148cm）掛布價格就滿可觀的，會有人買嗎！我是有這麼想過，不過我也莫名樂觀地覺得是しぐれうい老師的畫作，應該沒問題吧。

對了對了，上集後記寫完並沒有提到，青梅竹馬絕對不會輸的戀愛喜劇有官方推特帳號（@osamake_project）了！每週三都有豚もう（@tonmoh）老師為「＃星期三的青梅不輸」企畫繪製插畫，各項情報也會由官推帳號先行發布！還有舉辦贈送PV聲優簽名板等等的精彩企畫，因此表示不想錯過青梅不輸相關情報的讀者們，還請追隨我的推特帳號或官方推特帳號！

……奇怪，明明是後記，內容卻變得像公關報耶——不過，好就好在這裡。

新冠肺炎疫情帶來了許多讓人心情黯淡的話題，因此可以用開心的消息填滿版面真的很幸福。我個人認為娛樂屬於心靈醫生的一種，我自己一路走來也是被漫畫、動畫或小說拯救過心靈。現在，我身為處在產業邊緣的一分子，很希望青梅不輸能成為讓大家內心盡可能開朗愉快些的契機之一。

最後，聲援我的大家、黑川編輯、小野寺大人、繪製插畫的しぐれうい老師，誠摯感謝你們！還有現在閱讀本書的各位，若能在第6集再見便是甚幸！

二〇二〇年　八月　二丸修一

OSANANAJIMI GA ZETTAI NI MAKENAI LOVE COMEDY

下集預告

外表看起來再怎麼堅強勇敢的人，
都無法輕易抹拭一度深植於心的恐懼。
對桃坂真理愛來說，父母就是那樣的存在。

儘管不知所措，儘管畏懼，
真理愛仍決意為守護所愛的人而戰。

還有，出現在群青同盟前面的新敵人。

【當紅頂尖偶像】

身為日本與芬蘭混血兒的她
並不是單純的頂尖偶像，
更是以卓越歌喉迷倒眾生的
真正的歌姬。

她的粉絲是這麼說的：
「業界久未出現的至高單人偶像。」
「日歐妖精。」

從小被灌輸英才教育，
體現了赫迪．瞬的理想，
既為明星中的明星，
也是一種怪物。

演藝界的奇才。

NEXT
SHUICHI NIMARU PRESENTS
VOLUME

過去跟真理愛在不同領域活躍的她
與赫迪・瞬再次組成搭檔，
進而和接下大學文化祭活動的群青同盟成員對峙。

「我一直很不甘心。
因為比你晚出道，沒辦法互相競爭。
但我終於見到你了，丸末晴同學，
能不能讓我見識——你認真的本領？」

比賽項目是話劇。一切將在舞台上決定。

面對頂尖偶像，末晴和真理愛有勝算嗎？
末晴能保護真理愛到最後嗎？

而勝利會落在哪一邊——？

情勢告急。
煩惱的眞理愛與
最強刺客來襲篇！

青梅竹馬絕對
不會輸的戀愛喜劇

6
VOLUME :

敬　請　期　待　！

三角的距離無限趨近零 1~6 待續

Kadokawa Fantastic Novels

作者：岬鷺宮　插畫：Hiten

我愛上的那個女孩體內住著兩個靈魂——
與雙重人格少女譜出的三角戀愛故事。

秋玻與春珂人格對調的時間再次開始縮短。我能跟她們兩人在一起的寶貴時光，以及雙重人格都要結束了。然而，為了我自己，也為了她們兩人……我還是要做出抉擇。不久後，我在她們兩人身後隱約見到的「那女孩」是——

各 **NT$200~220/HK$67~73**

國家圖書館出版品預行編目資料

青梅竹馬絕對不會輸的戀愛喜劇/二丸修一作 ; 鄭人彥譯. -- 初版. -- 臺北市 : 臺灣角川股份有限公司, 2022.01-

冊 ; 公分

譯自 : 幼なじみが絶対に負けないラブコメ

ISBN 978-626-321-117-9(第5冊 : 平裝)

861.59 110019020

Kadokawa
Fantastic
Novels

青梅竹馬絕對不會輸的戀愛喜劇 5

（原著名：幼なじみが絶対に負けないラブコメ 5）

2022年1月27日 初版第1刷發行

作者：二丸修一
插畫：しぐれうい
譯者：鄭人彥
發行人：岩崎剛人
總編輯：蔡佩芬
編輯：孫千棻
美術設計：莊捷寧
印務：李明修（主任）、張加恩（主任）、張凱棋

發行所：台灣角川股份有限公司
地址：104台北市中山區松江路223號3樓
電話：（02）2515-3000
傳真：（02）2515-0033
網址：www.kadokawa.com.tw
劃撥帳戶：台灣角川股份有限公司
劃撥帳號：19487412
法律顧問：有澤法律事務所
製版：巨茂科技印刷有限公司
ISBN：978-626-321-117-9